ROBIN und SCARLET

DIE BÜCHER DER MAGIER

Stefan Karch

www.kinderbuchverlag.at

ISBN 978-3-7074-1142-3

In der neuen Rechtschreibung 2006

1. Auflage 2009

Umschlagillustration/Umschlaggestaltung: Martin Weinknecht
Printed in Europe

© 2009 G&G Verlagsgesellschaft mbH, Wien
Alle Rechte vorbehalten. Jede Art der Vervielfältigung, auch die des
auszugsweisen Nachdrucks, der fotomechanischen Wiedergabe sowie
der Einspeicherung und Verarbeitung in elektronische Systeme, gesetzlich
verboten. Aus Umweltschutzgründen wurde dieses Buch auf chlorfrei
gebleichtem Papier gedruckt.

Inhalt

Der Einbruch 9

Scarlet 16

Frühstück 22

Übungsstunde 30

Der geheime Raum 36

Das Buch 45

Der magische Fluss 49

Der Tanz der Magier 56

Der Besuch 63

Der Streit 71

Das Handy 79

Der Schüler 85

Alexandro 93

Auf Bücherjagd 100

Argus Ash 108

Die Rückkehr 116

Die Flucht 126

Tim 132

Tims Mutter 136

Der hohe Rat 143

Marie 148

Der Einbruch

Ich kletterte in Schwindel erregender Höhe am Vorsprung eines Bücherregals entlang. Durch ein offenes Fenster kam kühle Nachtluft herein. Unter mir schlief ein Mann über einen Schreibtisch gebeugt. Sein Schnarchen drang bis zu mir herauf. Ich versuchte, nicht darauf zu achten. Meine Augen brannten. Unermüdlich ließ ich meinen Blick über die Buchrücken schweifen. Im milchig trüben Licht des Mondes war es nicht einfach, die Titel der Bücher zu entziffern. Ich war auf der Suche nach ganz besonderen Büchern, deren Inhalt gefährlicher als jede Waffe war. Das wusste ich aus eigener Erfahrung.

Der Besitzer dieser Bibliothek schien sich nicht viel um seine Bücher, auf denen dicker Staub lag, zu kümmern. Mehrere leere Flaschen Wein standen um den Tisch herum. Der Geruch von Alkohol vermischte sich mit dem Geruch von feuchten Mauern und modrigem Papier.

Endlos schienen sich die Regale dahinzuziehen. Das vergrößerte zwar meine Chance auf Erfolg, aber ich war mit meiner Kraft beinahe am Ende. Da entdeckte ich ein fein glitzerndes Buch. War das nur das Licht des Mondes oder gar Goldstaub? Die geheimnisvoll verschlungenen Buchstaben am Buchrücken waren jedenfalls viel versprechend.

Geschmeidig und völlig lautlos näherte ich mich dem Buch. Bei jeder Bewegung wirbelte Staub auf. Ich hatte das Buch schon im Maul, da wurde auf einmal das Schnarchen unter mir von einem Grunzlaut unterbrochen. Ich erstarrte. Die Gestalt unter mir erwachte. Bitte nicht! Ich hielt den Atem an und konnte spüren, wie sich mein Herzschlag beschleunigte. Eigentlich sollte ich so schnell wie möglich verschwinden. Aber ich war vor Angst wie gelähmt. Der Mann erhob sich nun so schwungvoll, dass der Stuhl nach hinten kippte und zu Boden krachte.

Ich versuchte, meinen Körper ganz fest an die Bücher zu pressen. Am liebsten hätte ich mich zwischen die Bücher gequetscht. Doch da war keine Lücke.

Vorsichtig riskierte ich einen Blick nach unten. Der beleibte, schon etwas ältere Mann im Morgenmantel stützte sich mit einer Hand am Tisch ab, als würde der Boden schwanken. Langsam hob er den Kopf und ließ den Blick nach oben gleiten. Spürte er meine Anwesenheit? Ich spürte jedenfalls, wie mein Herzschlag plötzlich aussetzte. Denn er hatte mich entdeckt. Vor Schreck wäre ich beinahe abgestürzt. Doch ich fing mich rasch. Noch war ich am Leben. Nur raus hier, war mein einziger Gedanke. Hastig versuchte ich, mich ein paar Regale weiter nach oben zu retten.

„Bleib, wo du bist, elender Dieb!", rief der Mann. Seine Stimme klang rau. Ich sah, wie er zu einem Schrank stürmte. Ich wusste, dass der Mann ein Magier war. Ein paar gemurmelte Worte würden sicher genügen, um mich in heiße Luft zu verwandeln. Ich musste das offene Fenster auf der anderen Seite der Bibliothek erreichen. Ich schob mich an einer nicht enden wollenden Schlange von Buchrücken entlang. Unter mir nahm der Mann etwas aus dem Schrank: eine Schrotflinte.

Seit wann griffen Magier zu einer Waffe? Ich spürte einen Luftzug, das Fenster war nah. Von draußen schien der Mond herein. Er würde Zeuge dessen werden, was gleich geschah.

Der Magier legte die Waffe an, er musste nur noch abdrücken. Da traf ich eine Entscheidung: Ich warf mich ihm entgegen. Reihen voller Bücher zogen an mir vorüber. Das erschrockene Gesicht des Magiers kam auf mich zu. Seine Augen weiteten sich vor Überraschung. Dann flammte grelles Licht auf, ein ohrenbetäubender Knall zerriss die Stille. Ich wurde von einer gewaltigen Kraft gepackt und in die Luft gewirbelt. Die Waffe war wohl mit Magie geladen.

Autsch! Meine Landung war alles andere als angenehm. Ich schlitterte über den Boden, überschlug mich mehrmals und blieb schließlich in einer Ecke liegen. Katzen haben angeblich neun Leben. Wenn ich noch am Leben war, hatte ich nur noch acht. Vorsichtig versuchte ich mich zu bewegen. Mit Verwunderung stellte ich fest, dass ich mich mühelos aufrichten konnte. Außer einem Stechen in meiner linken Pfote spürte ich keinen nennenswerten Schmerz.

Unheimliche Stille erfüllte den Raum. Leises Knistern war zu hören. Der Boden glich einem Schlachtfeld. Er war von Schutt und kleinen brennenden Bücherhaufen übersät. Schwarze Ascheflocken segelten hernieder. Einige Regale waren zusammengebrochen, ganze Bücherlawinen waren niedergegangen. Die Decke hatte ein

Loch abbekommen, ich konnte den Himmel sehen. In seinem Schwarz funkelten Sterne wie Perlen, friedlich. In einem der Bücherberge regte sich etwas. „Zeit zu verschwinden", sagte ich mir. Das Loch in der Decke kam mir gerade recht. Ich flitzte auf eine der an den Regalen befestigten Leitern zu. Die linke Pfote schmerzte bei jedem Tritt, es war jedoch zu ertragen. Allerdings machte mir mein Kiefer zu schaffen. Zwischen den Zähnen hielt ich immer noch meine Beute, das glitzernde Büchlein. Ich hatte es nicht einmal fallen gelassen, als ich in die Tiefe gesprungen war. Ich hoffte nur, dass es mir irgendwann gelingen würde, meinen Mund wieder zu öffnen.

Mit der verletzten Pfote fiel es mir schwer, auf die Leiter zu klettern. Unter mir hörte ich lautstarkes Fluchen. Ich war bereits nahe dem Loch.

Es wurden Stimmen laut. Jemand hatte den Raum betreten. Mit dem Büchlein im Maul konnte ich nur schwer atmen und schlucken. Ich trieb mich zur Eile an. Lichtkegel tasteten die Wände ab. Hastig kletterte ich weiter. Ich trat einige Bücher los, die laut am Boden aufklatschten. Nur nicht hinuntersehen! Das Loch kam immer näher. Noch ein Satz, und ich war draußen. Ich landete auf einem Vordach und musste etwas verschnaufen. Im Schein einer Laterne glänzte tief unter mir eine Straße.

Weiter, weiter! Ich benützte eine Regenrinne als Rutsche. Vor den letzten Metern ließ ich los, da mir die Pfoten brannten. Ich fiel in feuchtes Gras. Das war richtig wohltuend. In der Ferne erklang das Bellen eines Hundes. Ein Auto wurde gestartet. Seine Lichter fraßen sich durch die Nacht.

Ich raffte mich auf und rannte auf die Straße zu. Da brauste das Auto auch schon heran und zum Glück an mir vorbei. Der Motorenlärm wurde immer leiser.

Zitternd duckte ich mich in den Straßengraben. Kalter Wind brauste über mich hinweg. Für Sekunden schloss ich die Augen. Ich versuchte, ein Bild herbeizubeschwören, das Gesicht eines Mädchens. Wie warmes Sonnenlicht vermochte der Gedanke daran meinen Schmerz zu lindern, mir Kraft zu geben. Denn ich war noch nicht in Sicherheit. Es bestand die Möglichkeit, dass noch verbliebene Hausbewohner einen Suchtrupp aufstellen würden. Rasch erhob ich mich und lief weiter.

Die Äste der Bäume des nahen Waldes bewegten sich wie mächtige Arme. Als ich den Wald erreichte, atmete ich erleichtert auf. Seine Dunkelheit und das dichte Unterholz würden mir Schutz bieten. Ich wusste, es würde selbst für Magier schwierig sein, mich hier zu finden. Lautlos bewegte ich mich über den weichen Teppich aus Moos und feuchtem Laub. Ich roch den Geruch der Erde und das Harz der Bäume, vertraute Gerüche, die ich mochte. Je weiter ich in den Wald vordrang, desto mehr wich die Angst. Unbeschwertheit und Zuversicht kehrten in mein Herz zurück.

Die Nacht neigte sich dem Ende zu. Der Himmel wurde bereits wässrig grau, als ich die Villa erreichte. Sie stand am Rande einer Lichtung und hob sich kaum von den sie umgebenden Bäumen ab. Eine Schotterstraße schlängelte sich aus dem Wald bis zur Eingangstür. Fürs Erste war ich hier in Sicherheit.

Scarlet

Das Zartrosa der Morgensonne mischte sich bereits ins Grau der Nacht. Leicht humpelnd und sehr müde kam ich nach Hause. Die Villa hatte drei Stockwerke und an einer Seite einen schiefen Turm, der einem dicken Rauchfang mit Hut glich. Er gab dem Haus ein eigentümliches Aussehen. Über eine zierliche Metalltreppe, die den Turm umrankte, gelangte ich zu einem kleinen Fenster. Damit ich hindurchschlüpfen konnte, war das Fenster nachts geöffnet. Der Moment, in dem ich von der kühlen Nacht ins warme Zimmer schlüpfte, war herrlich. Vertrauter Geruch empfing mich. Ein riesiges Bett mit einem Baldachin füllte beinahe den ganzen Raum aus, in dem auch noch ein Schrank und ein hoher Spiegel standen. Im Bett lag ein Mädchen: Scarlet. Ihr schmales Gesicht schmiegte sich an eine flauschige Daunendecke.

Es war ihr Zimmer, und ich war ihr Kater.

Ich schob meine Beute möglichst leise unters Bett. Dann kroch ich zu Scarlet unter die Decke, vorsichtig darauf bedacht, sie auf keinen Fall zu wecken. An ihren

Bauch gekuschelt schlief ich am allerliebsten. Ihr Körper war warm. Ich spürte, wie sich ihr Bauch mit jedem Atemzug leicht hob und senkte.

Scarlet war zwölf und hatte große, leuchtende kastanienbraune Augen. Zart geschwungene Augenbrauen gaben ihrem Gesicht etwas Elfenhaftes. Jetzt, im Mondlicht, wirkte ihr Antlitz bleich und wie aus glattem Stein geformt. Scarlets dichte Haare hingegen hatten nichts Elfenhaftes. Sie glichen einer wilden Mähne und waren selbst durch Zöpfe nicht zu bändigen.

Scarlet wohnte schon seit Jahren bei ihrem Onkel Lord Buttermoor, eigentlich solange sie denken konnte.

Lord Buttermoor lebte seit dem Tod seiner Frau sehr zurückgezogen. Meist kümmerte er sich um die Blumen, die einst das Leben seiner Frau erfüllt hatten. Das ganze Haus war voller bunter Glasbehälter, in denen hauptsächlich Orchideen gediehen. Buttermoor liebte diese wunderschönen Blumen. Täglich wischte er mit der Spitze eines feuchten Lappens Staub von ihren Blättern und besprühte sie mit Regenwasser. Es war, als würde er in ihnen die Liebe seiner Frau finden, als hätte sie ihm ihre Liebe in den Blumen hinterlassen.

Lord Buttermoor verfügte über besondere Fähigkeiten: Er war – wie der schießwütige Mann in der Bibliothek – ein Magier. Die Kinder der magischen Gesellschaft wurden auf ein Leben der anderen Art vorbereitet. Im Grenzgebiet zweier Länder, abgeschnitten vom Rest der Welt, befand sich die Ausbildungsstätte Moorturm. Sie war in einem alten Schloss mit einem mächtigen Turm aus schwarzem Stein untergebracht, der die Moorlandschaft wie ein Wächter überragte. Bevor ein Kind mit besonderen Fähigkeiten eine solche Schule besuchen durfte, musste es von einem eigenen Lehrer darauf vorbereitet werden. Lord Buttermoor war ein solcher Lehrer, und Scarlet war seine Schülerin.

In Scarlets Gegenwart war Buttermoor äußerst wortkarg. Eigentlich wollte er niemanden bei sich zu Hause haben, und es wäre auch besser gewesen, er hätte Scarlett nie zugeteilt bekommen. Früher war er Lehrer im Moorturm gewesen, und er soll im Umgang mit seinen Schülern nicht gerade zimperlich gewesen sein. Er war ein unsicherer Mensch und glich diesen Mangel mit Strenge aus. Auf Respektlosigkeit reagierte er mit harten Sanktionen. Es war für alle – auch für ihn selbst

– eine Erleichterung, als er den Schuldienst quittierte. Er verbrachte nun die glücklichsten Tage seines Lebens zu Hause bei seiner Frau. Doch dann starb diese völlig überraschend. Buttermoor fühlte sich seines Glücks beraubt und zog sich ganz zurück. Seine Magierfreunde übertrugen ihm die Erziehung des elternlosen Mädchens, um ihm zu helfen. Sie dachten, Scarlet würde Freude und Kinderlachen in sein Leben bringen. Doch ihr Lachen erreichte Buttermoors Herz, das voller Gram war, nicht.

Scarlet hatte jedoch zweierlei Glück. Glück Nummer eins war Frau Nilson, die Haushälterin. Frau Nilson hatte ein teigiges Gesicht und war klein und rund, alles an ihr war weich. Buttermoor schnaubte immer verächtlich, wenn er Scarlet und Frau Nilson in der Küche kichern hörte. Frau Nilson schenkte Scarlet Buntstifte, freute sich über die Bilder, die sie malte, und hängte sie überall im Haus auf. Wenn Buttermoor unterwegs war, spielte Frau Nilson mit Scarlet Verstecken.

Und Glück Nummer zwei war ich. Dass ich in ihrem Leben eine Rolle spielen durfte, verdankten wir einem Zufall. Scarlet war damals ungefähr acht, und ich war dem Tod so nahe wie eine Fliege auf der Zunge eines Frosches. Sie entdeckte mich im Auto eines Magiers. Es war Liebe auf den ersten Blick. Buttermoor war machtlos, denn wenn Scarlet etwas wirklich wollte, ließ sie nicht locker. Das war sicher einer der Gründe, warum ich sie so sehr mochte. Hätte mich der Magier heute Nacht mit seiner Schrotflinte erwischt, hätte ich nur eines bedauert: nicht mehr in ihrer Nähe sein zu können.

Doch er hatte mich nicht erwischt, und ich lag in Scarlets Bett und war ihr ganz nah. Scarlet schlief ruhig. Sie wusste nicht, welchen Gefahren ich mich aussetzte, um für sie Bücher zu stehlen. Neben ihr zu liegen war für mich wie ein Stück Himmel. Ohne zu erwachen strich mir Scarlet sanft über den Kopf, und ich antwortete mit einem tiefen Schnurren. An ihren Körper geschmiegt erschien mir die Welt so friedlich. Doch tief in meinem Inneren befürchtete ich, dass der Friede, der uns umgab, nicht lange halten würde. Ich war allerdings zu erschöpft, um auf dieses Gefühl zu hören, vielleicht wollte ich es auch gar nicht. Viel lieber schloss ich die Augen und sah mich und Scarlet über eine blühende Wiese laufen. Wir fühlten uns frei, das Licht der Sonne ließ unser Haar glitzern, Schmetterlinge flatterten umher, und der Himmel war unendlich weit und blau.

Frühstück

„Scarlet!", Buttermoors Stimme drang von unten herauf und riss mich aus meinem Traum.

„Oh, du schlimme Katze!", hörte ich Scarlet sagen. „Du hast schon wieder in meinem Bett geschlafen."

Ich mochte den Klang ihrer Stimme, sogar wenn sie ärgerlich war.

Scarlet hob mich aus dem Bett und wischte über das Leintuch. „Ich möchte gar nicht wissen, wie viel Ungeziefer du mit dir herumschleppst." Sie wollte noch etwas sagen, doch sie hielt inne, weil ich unter dem Bett verschwunden war.

Als ich hervorkroch, zeigte ich ihr stolz meine Beute. Jetzt, da es schon hell war, konnte ich sehen, dass sich meine Zähne tief in den Umschlag gegraben hatten.

„Oh!", sagte Scarlet überrascht. Sie beugte sich zu mir und nahm das Büchlein aus meinem Maul. „Du verrückter Kater! Du hast mir wieder etwas mitgebracht. Wie gelingt es dir nur, immer eines dieser Bücher zu finden?" Ihre Hand strich über den rauen Einband.

Scarlets schmale, lange Finger glitten vorsichtig über die Seiten. Dann klappte sie das Buch plötzlich zu und sah mich mit ihren großen Augen an.

„Passt du auch gut auf, wenn du dich in die Bibliothek eines Magiers schleichst?"

Leider nicht, ich wäre um eine Haar von einer magischen Schrotflinte in Fetzen geschossen worden … Aber ich konnte nicht mit ihr reden. Stattdessen sah ich sie mit meinen Katzenaugen an. Unsere Blicke trafen sich. Ihre Augen berührten mich mit einer Zärtlichkeit, dass mein Herz zu zittern begann. Für einen Augenblick vergaß ich zu atmen. Sie legte das Buch auf den Boden, nahm meinen Kopf in beide Hände und rieb ihre Wange an meiner. Miau! Ich schwebte im siebenten Himmel.

„Mein mutiger Kater, mein allerbester Komplize", sagte sie. „Was täte ich nur ohne dich?"

Ich atmete tief ein und aus. Alleine dafür hatte sich mein nächtliches Abenteuer gelohnt. Ein leichtes Schwindelgefühl erfasste mich. Wenn ich doch nur reden könnte! Wie gerne hätte ich ihr gesagt, dass ich jederzeit bereit war, alles für sie zu riskieren. Wie gerne hätte ich ihr verraten, wer ich wirklich war. Vielleicht, ich legte all meine Hoffnungen in Scarlet, würde es einmal anders sein.

„Scarlet!"

Lord Buttermoors Stimme zerstörte diesen herrlichen Augenblick. Es war Zeit, das Frühstück herzurichten. Scarlett schob das Büchlein unter ihr Kopfkissen. Sie fuhr sich mit den Fingern durchs Haar, was an ihrer Frisur so gut wie gar nichts änderte. Ihre Hand war bereits an der Türklinke, als sie das vibrierende Geräusch ihres Handys vernahm. Ich hasste dieses Geräusch. Scarlet drehte sich um.

Kinder mit magischen Fähigkeiten wurden von Menschen ohne magische Fähigkeiten ferngehalten und durften auch kein Handy haben. Die Gefahr, dass sie sich verplapperten und etwas von den geheimen Machenschaften der Magier erzählten, war zu groß. Doch seit ungefähr einem Jahr hielt sich Scarlet an keine Verbote mehr.

Ich wusste, wer mit Scarlet reden wollte. Der Junge hieß Tim. Er wohnte in der Stadt, und Scarlet telefonierte mit ihm mindestens zweimal am Tag.

Doch jetzt konnte sie nicht telefonieren. Sie nahm das

Handy und ließ es ebenfalls unter dem Kopfkissen verschwinden. Dann öffnete sie die Tür, und ich huschte mit ihr hinaus. Wir rannten die Treppe hinab und erreichten einen kurzen Gang, der vom Turm zum Haus führte. Der Holzboden knarrte unter Scarlets Schritten. Die Morgensonne glitzerte bereits durch die hohen Fenster.

Im Speisezimmer saß Buttermoor hinter einer riesigen Zeitung, die sicher schon einige Tage alt war. Er stieg nämlich nur einmal in der Woche in seinen schrottreifen Wagen, um in die Stadt zu fahren und alle Einkäufe zu erledigen. Dort traf er sich auch mit anderen Magiern, von denen die meisten im Moorturm unterrichteten. Im Gegensatz zu Buttermoor lebten diese in prunkvollen Villen mit jeder Menge Personal.

Buttermoor kam mit Frau Nilson aus. Frau Nilson kam täglich über Mittag und einmal am Vormittag, um Wäsche zu waschen. Dann gab es noch Herrn Ziesel, den Hauslehrer. Er kam seit ungefähr zwei Jahren, um Scarlet Lesen und Schreiben sowie Grundkenntnisse in Geografie und Geschichte beizubringen. Scarlet mochte ihn, obwohl er wie Buttermoor nicht sehr gesprächig war. Immerhin sorgte er für Abwechslung. Natürlich wussten weder Frau Nilson noch der Hauslehrer etwas über magische Fähigkeiten. Mich wunderte es, dass sie bisher noch nie Verdacht geschöpft hatten.

Buttermoor schnalzte mit der Zunge und stieß ein Schnauben aus. Etwas erregte seinen Unmut. Seine schlechte Laune konnte man förmlich riechen. Er wollte gerade erneut „Scarlet!" rufen, doch dazu kam es nicht, weil wir gerade hereinspaziert kamen.

„Guten Morgen!", begrüßte Scarlet ihn.

„Wurde auch Zeit", murrte Buttermoor, ohne von der Zeitung aufzusehen. „Hast du dir die Zähne geputzt?", fragte er, als wäre Scarlet noch ein Kleinkind. Das tat er jeden Morgen. Scarlet verzog den Mund und schwieg.

Buttermoor schnaufte hinter seiner Zeitung, sagte jedoch nichts mehr.

Das Frühstück zuzubereiten und zu servieren gehörte zu Scarlets Aufgaben. Sie begann also, den Tisch zu decken. Danach verschwand sie in der Küche, um Teewasser aufzusetzen. Sie schob Brötchen ins Rohr und vergaß auch nicht auf mich. Sie goss frisches Wasser in eine Aluminiumschüssel und füllte den Fressnapf. Mein

Hunger war schnell gestillt. Das trockene Futter staubte mir fast aus den Ohren und schmeckte nach gar nichts.

Bald duftete es herrlich. Leider bekam ich nichts von den Brötchen ab. Mit einem voll beladenen Tablett verließ Scarlet die Küche. Ich folgte ihr und dem Duft der Brötchen.

Die Morgensonne war schon angenehm warm. Als Scarlet Tee in eine hauchdünne Porzellanschale goss, ringelte sich der Dampf im Sonnenlicht.

Buttermoor senkte die Zeitung und starrte düster auf das knusprige Gebäck. Er hatte einen runden Kopf. Die wenigen Haare, die er noch hatte, waren am Schädel angeklatscht. Beim Zeitunglesen trug er eine sehr dicke runde Brille. Sie verkleinerte seine Augen fast auf Stecknadelkopfgröße. Kaum zu glauben, dass er überhaupt etwas lesen konnte. Buttermoor trug jeden Tag dieselben Hosenträger, zwischen denen ein ziemlicher Bauch hervorquoll.

Buttermoor griff nach der gefüllten Teeschale und ließ ein zufriedenes Schnaufen hören. Als Scarlet sich zu ihm setzte, sah er kurz von der Zeitung auf. Sie schenkte ihm ein Lächeln, das er nicht erwiderte.

Dann biss sie herzhaft in ein Brötchen. Auch mich lächelte sie an.

Ich saß neben ihr am Boden und genoss das Prickeln, das ihr Lächeln in mir auslöste. Sofort beschloss ich, nicht mehr an diesen Tim zu denken.

Geredet wurde beim Frühstück kaum. Scarlet hatte manchmal versucht, ihrem Onkel etwas zu erzählen. Doch wenn dieser Zeitung las, wollte er nicht gestört werden. Abgesehen davon hatte er Scarlet das Reden mit vollem Mund verboten.

Buttermoor legte nun die Zeitung fein säuberlich zusammen, nahm die Brille ab und schob sie in eine ledernes Etui. Dann langte er nach einem Brötchen und beschmierte es mit einer dünnen Schicht Marmelade. „Wir bekommen heute am Nachmittag Besuch", sagte er.

Scarlet hörte zu kauen auf.

„Sie wissen noch nicht genau, wann sie kommen."

„Sie?"

Buttermoor musste erst schlucken, bevor er weiterreden konnte. „Tante Serafina und Bella geben uns die Ehre."

Scarlet sah alles andere als begeistert aus. Serafina

war Buttermoors Schwester, und Bella war ihre Tochter. Wenn es etwas gab, das ihre gute Laune verderben konnte, waren es diese beiden. Das konnte ich gut verstehen. Serafina besuchte ihren Bruder einmal im Jahr und sprach am liebsten darüber, wie wundervoll sich ihre Tochter Bella entwickelte. Bella war so alt wie Scarlet. Früher hatten die beiden Mädchen miteinander gespielt, doch je älter sie geworden waren, desto mehr hatte sich ihre Freundschaft abgekühlt.

Übungsstunde

Scarlet beeilte sich nach dem Frühstück mit dem Wegräumen des Geschirrs. Sicher wollte sie danach gleich ihren geliebten Tim anrufen, das tat sie meistens vor oder nach dem Frühstück.

Lord Buttermoor begab sich auf seine morgendliche Blumentour. Er legte schwarze Gummihandschuhe an und band sich eine blaue Schürze um. Mit einem Kübel und einer kleinen Gießkanne bewaffnet machte er sich über die Blumen her. Dabei schien er richtig aufzublühen. Auch wenn er mürrisch war, konnte ich mich über ihn nicht beklagen, schließlich ließ er mich in seinem Haus wohnen.

Zu Beginn hatte ich Tag und Nacht in Scarlets Zimmer bleiben müssen. Ich wurde auch dazu gezwungen, auf ein Katzenklo zu gehen. Mittlerweile war Buttermoor daran gewöhnt, dass ich Scarlet auf Schritt und Tritt folgte. Außerdem markierte ich nicht, und ich hielt mich auch von seinen Blumentöpfen fern.

Nach der Blumenrunde erwartete Buttermoor Scarlet in seinem Arbeitszimmer. Täglich musste Scarlet zu zwei Übungsstunden erscheinen, zu einer Stunde vormittags und einer nachmittags. Die Stunden des Hauslehrers waren so eingeteilt, dass sie sich nicht mit den Übungsstunden überschnitten.

Das Arbeitszimmer war schlicht eingerichtet. Schwere Samtvorhänge verhinderten, dass allzu viel Licht durch die hohen, schmalen Fenster kam. Die Wände waren mit dunklem Holz vertäfelt. Vor einem Fenster stand ein Schreibtisch, ebenfalls aus dunklem Holz. In einer Vitrine wurden eigenartige Gegenstände aufbewahrt, deren Zweck ich gar nicht erst wissen wollte. In der Vitrine, die sicher auch magisch gesichert war, blinkten die Lämpchen einer Alarmanlage.

Buttermoor erhob sich bei Scarlets Eintreten. Er hatte sich für die Übungsstunde umgezogen. Seine schwarze Magierrobe knisterte, als er ihr entgegenkam. In Scarlets fröhliche Miene mischte sich Unbehagen. Das war immer so, wenn sie diesen Raum betrat. Sie sah dann plötzlich klein und zerbrechlich aus. Für Buttermoor war sie in dem Augenblick, in dem sie den Raum betrat, nicht mehr das Mädchen, das mit ihm in einem Haus wohnte. Sie wurde zu seiner Schülerin. Und Buttermoor schlüpfte in die Rolle des Magiers, der seine Schülerin zu unterweisen hatte. Während er beim Frühstück nur mürrisch war, erschien er nun gänzlich unnahbar und düster.

Buttermoor hielt sich bei seinen Unterweisungen an ein Lehrbuch. Es lag stets aufgeschlagen auf seinem Schreibtisch. Nach diesem Buch war auch schon sein Lehrer vorgegangen.

Scarlets Fortschritte waren jedoch im Gegensatz zu den seinen von Anfang an kläglich gewesen. Buttermoor hatte es längst aufgegeben, in Scarlet große Hoffnungen zu setzen. Er wollte nur, dass sie einmal die Aufnahmebedingungen für den Moorturm erfüllte. Dann hatte er seine Aufgabe erledigt, und das Mädchen würde aus seinem Leben verschwinden. Er befeuchtete die Spitzen seiner knochigen Finger und blätterte in dem Buch.

Die ersten Übungen des heutigen Tages dienten dazu, Scarlets Körperhaltung zu verbessern. Pingelig wie Buttermoor war, musste sie jede Übung mindestens dreimal wiederholen.

„Streck den Arm weiter vor, Kinn anheben!", forderte er mit kalter Stimme. Das Ergebnis schien ihn nicht zu überzeugen. „Kind, du stehst wie eine Eisverkäuferin da! Wenn du schon keine großen magischen Leistungen vollbringen kannst, sollte wenigstens deine Haltung entsprechen."

Scarlet sah Buttermoor direkt in die Augen. Ihre Lippen bewegten sich, sie war nahe daran, etwas zu erwidern. „Tu es nicht!", dachte ich und litt Höllenqualen. Scarlet schluckte und schwieg. Sie bewegte ihr Kinn noch höher und streckte die Hände von sich. Der Magier griff nach ihren Händen und korrigierte die Haltung. Dann gab er ihr einen neuen Auftrag. Als Scarlet nicht gleich reagierte, wiederholte er den Auftrag. Er wurde langsam ungeduldig. Das war daran zu erkennen, dass er die Knöpfe seiner Robe auf- und zuknöpfte. Scarlet vollführte eine Bewegung mit den Fingern und musste dabei die Hand drehen. Buttermoor ließ sie diese Drehung immer wieder wiederholen. Scarlet war bald erschöpft, und sie bat ihren Onkel, doch mit dem Aufsagen der Zaubersprüche weitermachen zu dürfen.

„Die Dame will Zaubersprüche üben und beherrscht nicht einmal die nötige Grundhaltung", blaffte Buttermoor.

Er sog lautstark Luft ein, als müsste er etwas Schweres vom Boden heben. Dann strich er sich über den fast kahlen Schädel und verdrehte dabei die Augen. Ohne Scarlet anzusehen, forderte er sie mit einer Handbewegung auf, mit den Zaubersprüchen zu beginnen. Beim Aufsagen der Zaubersprüche war Scarlet in ihrem Element. Das war auch kein Wunder, schließlich ließ ihr Onkel sie diese täglich aufsagen und das schon seit zwei Jahren.

Nach dem fehlerlosen Aufsagen der magischen Sprüche war Buttermoor etwas besänftigt. Er konnte sich jedoch nicht verkneifen, wie jeden Tag mit erhobenem Zeigefinger zu sagen: „Die Formeln müssen wie aus der Pistole geschossen kommen." Eine magische Übung, bei der Scarlet die Formeln mit Magie verbinden musste, wollte er aufgrund der knappen Zeit nicht mehr versuchen.

Als Scarlet das Arbeitszimmer verlassen wollte, meinte er: „Frau Nilson wird wegen des Besuchs früher kommen. Ich erwarte, dass du ihr bei den Vorbereitungen hilfst!" Danach durfte sie gehen.

Scarlet kehrte in ihr Zimmer zurück. Sie wirkte müde und niedergeschlagen. Sie legte sich auf ihr riesiges Bett und starrte zum Baldachin hinauf. Ich wusste, dass es nicht einfach war, ihren Onkel jeden Tag zu belügen. Sie musste so tun, als ob sie von Magie keine Ahnung hätte. Und das tat sie schon seit einem Jahr. Sicher hätte sie ihn manchmal gerne überrascht und ihm gezeigt, was sie konnte. Buttermoor wäre begeistert gewesen. Doch Scarlet hielt sich streng an ihren Plan. Das hieß, dass ihr Onkel nicht einmal ahnen durfte, dass sie in Wirklichkeit ganz außergewöhnlich begabt war.

Ich sprang zu Scarlet aufs Bett und legte mich neben sie. Gerne hätte ich sie getröstet. Ich spürte ihre Hand über mein Fell streichen und musste daran denken, wie sich alles zu ändern begann.

Der geheime Raum

Als Scarlet zu Lord Buttermoor gekommen war, hatte sie weder ausreichend viel Kleidung noch Spielsachen gehabt. Frau Nilson überraschte sie daher immer wieder mit kleinen Geschenken, einmal mit einem Ball. Eines Tages rollte der Ball unter Scarlets Bett. Als sie ihn hervorholen wollte, sah sie einen eisernen Ring, der an einem Brett befestigt war. Er diente dazu, eine kleine Tür zu öffnen. Dazu hätte sie das Bett zur Seite schieben müssen, wofür sie jedoch noch nicht stark genug war. Sie kümmerte sich also nicht mehr darum, und die Jahre vergingen. Vor ungefähr zwölf Monaten wollte es der Zufall, dass sie den Ring unter dem Bett wieder entdeckte. Sie war entschlossen, diesmal das Geheimnis zu lüften.

Lord Buttermoor nahm uns immer in die Stadt mit, wenn er zu seinen geheimen Magiertreffen fuhr. Scarlet durfte jedoch nicht an den Treffen teilnehmen. Stattdessen besuchte sie mit mir in einer Tasche den Park. In dieser Woche bat sie, zu Hause bleiben zu dürfen. Buttermoor war sehr verwundert. Scarlet ließ es sich sonst nie nehmen, ihn in die Stadt zu begleiten. Doch er willigte ein.

Sobald er aus dem Haus war, schob Scarlet das Bett zur Seite. Und da war sie: eine Tür, die sich kaum vom Boden abhob. Sie schien nur darauf zu warten, geöffnet zu werden. Ich stand an Scarlets Bein geschmiegt und spürte ihre Aufregung. Sie griff nach dem Ring und zog daran. Die Tür hob sich.

Ein warmer, modriger Geruch schlug uns entgegen – wie der Atem eines großen Geheimnisses. Unter Scarlets Zimmer befand sich ein verborgener Raum. Unsere Herzen begannen schneller zu klopfen. In Scarlets Augen blitzte Begeisterung auf.

Um den Raum zu erkunden, brauchten wir Licht. Scarlet wusste, dass ihr Onkel in seinem Schreibtisch eine Taschenlampe aufbewahrte. Sie würde jedoch nicht so verrückt sein, diese Lampe zu holen, hoffte ich. Es gab sicher noch eine andere Möglichkeit. Doch sie war so verrückt und stürmte auch schon los. „Nein!", wollte ich rufen. Heraus kam jedoch nur ein Miau. Scarlet rannte bereits die Treppe hinunter, und ich jagte ihr hinterher. Als sie den Korridor erreichte, holte ich sie ein. Wie konnte ich sie nur aufhalten?

Scarlet war es verboten, alleine den Arbeitsraum ihres Onkels zu betreten. Doch sie stand bereits vor der großen hölzernen Tür und griff nach der Messingschnalle. Ich miaute laut. Womöglich war der Raum durch eine Alarmanlage gesichert. Doch Scarlet zögerte keine Sekunde und trat ein. Sie hatte Glück: Keine Sirene durchbrach die Stille.

Scarlet ließ ihren Blick durchs Zimmer schweifen. Dann ging sie geradewegs zum Schreibtisch und zog die Lade auf, in der penible Ordnung herrschte. Neben Schreibutensilien, dem Katalog eines Pflanzenversandhauses, einem Gerät zum Schneiden von Nasenbarthaaren und einem Handspiegel lag die Taschenlampe. Rasch ergriff Scarlet die Lampe, schob die Lade zu, und wir eilten in ihr Zimmer zurück.

Als Scarlet in die Tiefe leuchtete, entdeckte sie eine Treppe, die in den darunterliegenden Raum führte. Sie lächelte.

„Komm, Robin!", sagte sie begeistert. „Wir steigen jetzt hinunter."

Sie klemmte sich die Taschenlampe zwischen die Zähne, damit sie mich beim Hinunterklettern tragen konnte. Ich hätte natürlich selber hinunterlaufen können, aber so war es natürlich viel schöner ... Unten angekommen, setzte sie mich auf den Boden. Jede Menge Staub wirbelte auf.

„Du bist hoffentlich nicht allergisch", sagte Scarlet schmunzelnd. Selbst wenn – es wäre mir schnurzegal gewesen. Denn was wir nun sahen, verschlug uns den Atem.

Im Schein der Taschenlampe tauchten ein beinahe blinder Spiegel und verstaubte Regale auf, die mit Büchern und Krimskrams vollgestopft waren. Ein dunkles Klavier hockte in einer Ecke wie ein Tier. Auf einem kleinen hübschen Tisch mit verschnörkelten Beinen standen Dosen und wunderschöne bunte Glasfläschchen. Spinnfäden spannten sich hauchzart nach allen Richtungen. Spuren winziger Füße liefen durch den Staub. Es gab auch eine Vitrine, die wie die von Buttermoor aussah. Wer auch immer diesen Raum benutzt hatte, war ein Magier gewesen.

„Schau!", rief Scarlet und zeigte nach oben.

An der Decke hing ein silberner mehrarmiger Luster. Überall entdeckten wir Kerzen, die an kleine Zwergenhüte erinnerten. In einer Schale lag sogar eine Schachtel mit Streichhölzern.

„Das ist ja so wunderbar", flüsterte Scarlet.

Das fand ich auch und schmiegte mich an ihre Beine, um meine Zustimmung auszudrücken. Da ließ uns ein Geräusch aufhorchen. Es kam von oben. Buttermoor konnte doch noch nicht zurück sein. Oder war die Zeit so schnell verflogen? Scarlet sah mich erschrocken an.

Ich reagierte rasch und rannte die Treppe hoch, Scarlet hinter mir her. Sie schob das Bett zurück und war davon überzeugt, dass ihr Onkel den Lärm gehört haben musste. Doch das Schlimmste war: Scarlet hatte die Taschenlampe!

„Was machen wir jetzt?", flüsterte Scarlet und sah mich fragend an. Ich versuchte, eine ratlose Miene zu machen. Scarlets Augen richteten sich auf die Tür. Wir hatten uns nicht getäuscht. Es war tatsächlich Buttermoor, der gerade die Treppe hochkam. Er wollte sicher Scarlet sagen, dass er wieder da war.

Scarlet konnte sich gerade noch aufs Bett werfen und

den Mund zu einem Lächeln verziehen, als Buttermoor klopfte.

„Das war verdammt knapp", meinte sie, nachdem Buttermoor wieder draußen war.

Als Scarlet später von ihrem Onkel ins Arbeitszimmer gerufen wurde, war sie immer noch nicht sicher, ob ihm nicht doch etwas aufgefallen war. Doch Buttermoor begann mit den üblichen langweiligen Übungen. Am Schluss ließ er sie Merksätze aus dem Übungsbuch abschreiben. Das hasste Scarlet. Es war noch schlimmer, als Übungen ständig zu wiederholen. Sie sah darin einfach keinen Sinn. Doch diesmal fügte sie sich bereitwillig.

Buttermoor saß ihr gegenüber an seinem Schreibtisch und schrieb ebenfalls etwas. Sosehr Scarlet sich auch wünschte, er würde doch für einen Moment den Raum verlassen: Er tat es nicht.

Der restliche Tag verlief wie immer. Für Scarlet ergab sich keine Gelegenheit, sich unbemerkt ins Arbeitszimmer zu stehlen. Abends durfte sie mit Buttermoor vor einem vorsintflutlichen Fernsehgerät sitzen und eine Reportage über die Gärten des englischen Königshauses anschauen.

In der Nacht schlüpfte Scarlet aus dem Bett und verließ mit bloßen Füßen das Zimmer. Ich war sofort hellwach und huschte ihr hinterher. Mondlicht erhellte den Korridor. Wie Diebe schlichen wir durch das Haus. Scarlet hatte Glück: Auch nachts war die Tür zum Arbeitszimmer unverschlossen. Die riesigen Türflügel knarrten leicht. Scarlet drückte sie gerade so weit auf, dass sie durchkam. Auf Zehenspitzen näherte sie sich dem Schreibtisch. Dort angelangt zog sie die Lade auf und legte die Taschenlampe hinein.

Ich sah Buttermoor gleich, als ich den Raum betrat. Er stand am Fenster. Ich konnte die Verwunderung in seinen Augen sehen.

Scarlet war nur darauf bedacht gewesen, den Schreibtisch zu erreichen. Selbst am Rückweg zur Tür bemerkte sie ihn nicht.

„Scarlet!", rief nun Buttermoor und drehte das Licht auf. Scarlet zuckte zusammen. „Was um alles in der Welt suchst du mitten in der Nacht in meinem Schreibtisch?"

Scarlets Augen weiteten sich, sie sah ihren Onkel entsetzt an. Dieser rührte sich nicht. Die kleinen Augen fixierten Scarlet, die vor Schreck keuchte. Sie brachte kein Wort heraus. Mein Herz klopfte heftig. Würde sie ihm von dem Raum unter ihrem Zimmer erzählen? Das Geheimnis preisgeben?

Nach ein paar Sekunden schien sie sich gefasst zu haben, straffte ihren Körper, sodass sie ganz gerade dastand, und erwiderte den Blick des Onkels.

„Ich habe nur die Taschenlampe zurückgebracht", gestand sie. „Ich habe sie mir heimlich ausgeborgt."

Was würde ihr Onkel darauf sagen? Buttermoors Miene entspannte sich leicht. „Wozu denn?", fragte er.

Scarlets Augen wanderten durch den Raum, sie dachte nach.

„Ich warte auf eine Erklärung", sagte Buttermoor. Seine Augen funkelten.

„Ich wollte herausfinden, ob man damit bis zum Waldrand leuchten kann", log Scarlet. Eine leichte Röte stieg ihr in die Wangen. „Tut mir leid", fügte sie noch hinzu.

Buttermoor sah sie prüfend an. Schließlich wandte er sich ab. Ohne Scarlet anzusehen, befahl er ihr, ins Bett zu gehen. Ich atmete erleichtert auf. Scarlet gehorchte sofort.

Buttermoor erwähnte den Vorfall nicht mehr, und Scarlet hatte ihre Lüge, die nicht die letzte bleiben sollte, anscheinend schnell vergessen.

Scarlet stieg jede Nacht in den geheimen Raum, und ich hatte jedes Mal furchtbare Angst, dass Buttermoor sie entdecken könnte. Sie aber schien gar nicht daran zu denken.

Das Buch

Nicht nur die Angst, dass Scarlet entdeckt werden könnte, machte mir Sorgen. In dem geheimen Raum verspürte ich immer ein eigenartiges Gefühl, dasselbe, das ich auch in Buttermoors Arbeitszimmer hatte. Der Raum war für mich schön und unheimlich zugleich. Scarlet hingegen war ganz unbekümmert und voller Tatendrang. „Es wird Zeit, dass hier mal jemand Ordnung macht", hatte sie gleich nach dem Abenteuer mit der Taschenlampe gemeint und alles gründlich sauber gemacht. Scarlet verwendete jetzt Kerzen. Im Schein des Kerzenlichts zuckten unsere Schatten gespenstisch über Wände und Regale.

Die ersten Besuche nützte Scarlet, um sich alles genau anzusehen. Sie nahm Bücher unter die Lupe und kramte in den Tischladen, die voller Murmeln, Kreiseln, Spielkarten, Buntstiften und anderer interessanter Sachen waren. Scarlets Augen glänzten vor Freude. Sogar eine Puppe fand sie unter dem Klavier. Wem sie wohl gehört hatte? Sicher keinem Jungen. Ob hier einmal ein Mädchen oder eine Frau gewohnt hatte?

Tagsüber war Scarlet anfangs kaum eine Müdigkeit anzusehen, obwohl sie jede Nacht einige Stunden unter ihrem Zimmer verbrachte.

Eines Tages machte Scarlet eine Entdeckung, die ihr Leben verändern sollte: Sie fand in einer der Tischladen, inmitten von alten Zeitungen und Schneckenhäusern, ein besonderes Buch. Es war ganz abgegriffen und mit einem eigenartigen Umschlag versehen. Darunter glitzerte es. Dieser geheimnisvolle Glanz war Scarlet bekannt. Das Buch war schon sehr alt, die Seiten fühlten sich brüchig an und waren vergilbt. Sie nahm das Buch mit nach oben und legte es unter ihr Kopfkissen. Wir wussten damals beide nicht, welche Bedeutung dieses Buch einmal für Scarlet haben würde.

Als sie es zum ersten Mal aufschlug, war sie enttäuscht. Sie erkannte es wieder. Es war das gleiche Buch, das Buttermoor für ihre Ausbildung benutzte. Beim genaueren Hinsehen entdeckte sie jedoch Notizen, die jemand hineingekritzelt hatte. Die Schrift war die eines Kindes. Der Gedanke, dass sich ein anderes Kind an diesen Übungen versucht hatte, gefiel Scarlet. Vielleicht hatte dieses Kind in dem geheimen Raum gelebt.

„Ich glaube, es war ein Mädchen", murmelte Scarlet und lächelte. Sie fand die Art, wie dieses Kind seine Bemerkungen formuliert hatte, lustig.

„Robin, hör dir das an!", rief sie einmal. „Da steht: ,Mein liebes Buch, du hast nicht immer Recht!' Sie hat mit dem Buch wie mit einem Menschen geredet. Sie hat sogar einmal ,Was für ein Mist!' hineingeschrieben."

Scarlet interessierte sich vor allem für Übungen, die ihr Buttermoor nicht zugetraut hatte, wie das Entfachen magischer Kraft, um einen Gegenstand zu bewegen.

„Das Kind hat unter diese Übungen ,Leicht!' gekritzelt", rief Scarlet empört. „Und Buttermoor behauptet, das würde ich nie begreifen." Sie las laut vor: „Anmerkung: Bei dieser Übung muss ich Geduld haben und warten, bis das Kribbeln kommt." Scarlet gluckste vergnügt. „Kribbeln!", wiederholte sie.

Ich erkannte sofort, wenn Scarlet nahe daran war, vor Aufregung zu platzen. Das war unübersehbar. Sie wurde dann richtig zappelig.

„Was meint sie mit Kribbeln?", rief Scarlet.

Ich bekomme manchmal ein Kribbeln im Bauch, wenn ich dich ansehe, hätte ich ihr gerne gesagt.

Die Kritzeleien des Kindes hatten in Scarlets Herzen eine Flamme entzündet. Es war beinahe so, als wären die Bemerkungen für sie hineingeschrieben worden. Sie behandelte das Buch wie einen Schatz und nützte jede Gelegenheit, um darin zu lesen. Während sie in das Buch vertieft war, hätte ich neben ihr tot umfallen können, sie hätte es wahrscheinlich nicht bemerkt.

Der magische Fluss

Scarlet war nun nur noch dem Kribbeln auf der Spur. „Glaubst du, dass ich dieses Kribbeln auch spüren kann, Robin?", fragte sie mich und klang heiter und voller Zuversicht. So hatte ich sie noch nie erlebt. Zudem sah sie im Schein der Kerze einfach umwerfend aus. Ich neigte den Kopf zur Seite und deutete ein Nicken an. Scarlett sah mich verwundert an. War ihr vielleicht klar geworden, dass ich sie verstehen konnte?

Doch Scarlet war viel zu aufgeregt, um darüber nachzudenken. Wieder und wieder las sie die Anweisungen des Mädchens durch:

„Du musst die Worte mit deinem Herzen aufnehmen. Dein Herz ist wie eine Blume, die auf Regen wartet." Scarlet wiederholte die Worte mit einem Lächeln. Sie schien zu verstehen, was das Mädchen damit sagen wollte. Vielleicht fühlte sich Scarlets Herz wie eine durstige Blume. Denn es kam so gut wie gar nicht vor, dass Buttermoor zu ihr etwas Nettes sagte. Die gekritzelten Worte halfen Scarlet, alles besser zu verstehen. Hatte dieses Mädchen gewusst, dass Scarlet eines Tages das Buch finden würde?

Es dauerte nicht lange, und Scarlet wollte eine magische Übung versuchen, ohne dass Buttermoor neben ihr stand und sie bekrittelte. Sie öffnete das Buch und hielt sich genau an die handschriftlichen Anmerkungen. Während sie las, trommelte sie mit den Fingern nervös auf den Tisch. Zuerst las Scarlet laut die Einleitung. Die Übung handelte vom magischen Fluss.

„Warum hat Buttermoor noch nie mit mir über den magischen Fluss gesprochen?", fragte sie, ohne den Kopf zu heben und von mir eine Antwort zu erwarten. „Die Übung dazu klingt eigentlich einfach, aber geheimnisvoll. Ich muss auf eine Schatzsuche gehen, hat das Mädchen dazugeschrieben."

Scarlet erhob sich und stellte sich gerade hin. Dann breitete sie die Hände aus und schloss die Augen. Die Worte, die sie sprechen musste, hatte sie sich bereits eingeprägt.

„In meinem Herzen ist ein Schatz", hörte ich sie mit ihrer weichen Stimme sagen, in der so viel kindliche Gewissheit mitschwang, dass mir vor Rührung beinahe die Tränen kamen.

„Ich sehe diesen Schatz vor mir", sprach sie weiter.

In diesem Augenblick sah sie wie eine richtige Magierin aus.

„Um den Schatz zu öffnen, muss ich selbst offen sein." Scarlets Stimme bebte leicht. Zu gerne hätte ich gewusst, was sie jetzt bei geschlossenen Augen sehen konnte. Wie versteinert stand sie da, nur ihre Lippen bewegten sich, und sie murmelte Worte, die wie eine Formel klangen.

Dann öffnete sie langsam die Augen. Ich erschrak. Scarlets Blick war in weite Ferne gerichtet. Die Augen füllten sich mit einem Glanz. Langsam löste sich eine Träne aus dem Augenwinkel und zog auf der Wange eine glitzernde Spur.

Musste ich mir Sorgen machen? Als nun ein breites Lächeln ihr Gesicht überzog, beruhigte ich mich. Hätte ich gewusst, was folgen würde, hätte ich mich allerdings nicht beruhigt.

Nun wusste ich es auch: Das Kribbeln war nichts anderes als ein Schauer magischer Kraft. Die gesprochenen Worte dienten dazu, Energie zu binden, zu leiten und zu lenken. In den Übungsstunden mit Buttermoor blieben Scarlets Worte leer. Ihr Onkel hatte ihr nie beibringen können, die Worte von innen heraus zu füllen. Darin lag aber die Kunst der Magie. Nur gefüllte Worte brachten die Magie zum Fließen. Und die floss bei Scarlet bald im Übermaß, was für mich manchmal ganz schön gefährlich wurde. Schon nach wenigen Tagen Üben konnte ein Bleistift zu einem tödlichen Geschoss werden. In den Wänden des geheimen Raumes steckten bald alle möglichen Dinge. Die magischen Kräfte zu beherrschen war jetzt das Problem.

Scarlet hatte der Ehrgeiz gepackt. Nacht für Nacht versuchte sie neue Übungen. Und schon bald hatte sie die neu entwickelten Kräfte im Griff. Wer auch immer die Bemerkungen in das Buch geschrieben hatte – er war ein besserer Lehrer als Lord Buttermoor.

Eine Sache verstand ich anfangs aber nicht. Scarlet hätte voller Begeisterung zu ihrem Onkel laufen und ihn mit ihren Fähigkeiten überraschen können. Das tat sie aber nicht. Ganz im Gegenteil: In den Übungsstunden mit Buttermoor scheiterte sie weiterhin an den einfachsten Übungen. Lord Buttermoor litt deswegen Qualen. Schon einmal, ein Jahr zuvor, hatte Scarlet vor den Augen seiner ehemaligen Kollegen versagt. Scarlet hatte sich zwar bemüht, und auch alle Anwesenden hatten versucht, ihr zu helfen, doch das Ergebnis war stümperhaft gewesen. Hätte Lord Buttermoor über Scarlets wirkliche Fähigkeiten Bescheid gewusst, er hätte sicher ruhiger geschlafen.

Je besser Scarlet wurde, desto schwerer fiel es ihr natürlich, den Schein zu wahren. Aber sie hielt durch. Erst später erfuhr ich, warum sie das tat.

Als Scarlet mit allen Übungen durch war, die sie in diesem Buch finden konnte, durchstöberte sie die Regale nach weiteren Büchern mit magischen Übungen.

„Lauter Liebesgeschichten und Gedichtbände", hörte ich sie stöhnen.

Da kam mir die Idee, ihr zu helfen. Ich dachte, dass es in den Häusern anderer Magier Bücher mit magischen Formeln und Übungen geben musste. Was würde schon einer streunenden Katze passieren, die sich heimlich in fremde Häuser schlich? Ich kannte einige Magier, Freunde von Buttermoor, die gar nicht so weit entfernt wohnten. So wurde aus mir ein Bücherdieb.

Gleich beim ersten Einbruch in die Bibliothek eines Magiers hatte ich Erfolg. Ich war so stolz und glücklich wie noch nie in meinem Leben. Beim zweiten Mal wäre ich jedoch um ein Haar erwischt worden. Mir war klar, dass ich mich auf etwas sehr Gefährliches eingelassen hatte.

Wenn ich für Scarlet Bücher stahl, tat ich das auch für mich. Denn ich hoffte, dass Scarlet mir eines Tages würde helfen können, wieder das zu werden, was ich einmal gewesen war.

Sobald Scarlet mit einem Buch fertig war und alle Übungen darin beherrschte, versuchte ich, ein neues aufzutreiben. Ich riskierte mein Leben. Die Angst entdeckt zu werden war jedoch nicht so groß wie die Angst, Scarlet nie mehr wiederzusehen.

Die Übungen, die in den geklauten Büchern beschrieben wurden, waren alle sehr verschieden. Scarlet konnte bald Gegenstände bewegen und verwandeln, etwas zerstören und auch verhindern, dass Magie wirksam wurde. Es war herrlich, ihr zuzusehen. Sie wuchs über sich hinaus. Tagsüber lernte sie magische Formeln, nachts probierte sie diese aus. Mit jedem Buch wuchs ihr Können.

„Robin", rief sie einmal. „Pass auf!" Sie streckte eine

Hand aus und bewegte nur leicht zwei Finger. Erst passierte gar nichts, bis ich begriff, dass alles im Raum zu schweben begann – auch ich. Es war unheimlich, zwischen brennenden Kerzen, Büchern und dem Klavier dahinzuschweben.

Immer, wenn Scarlet Magie anwandte, lächelte sie. „Ich habe das Gefühl, als müsste ich mich vor nichts mehr fürchten", sagte sie einmal, als wir aus dem Raum zurückkehrten. „Ich fühle mich so ungeheuer stark."

Dafür packte mich manchmal die Furcht, wenn ich Scarlet bei ihren Übungen beobachtete. Sie wurde mir manchmal richtig unheimlich.

Buttermoor gegenüber trat sie immer selbstbewusster auf. Sie hatte plötzlich auch Lust, ihr Äußeres zu verändern. Sie flocht ihre struppigen Haare zu vielen Zöpfchen und nähte sich ausgeflippte Sachen. Es gelang ihr sogar, dass Frau Nilson, die sonst immer auf Scarlets Seite war, den Kopf über sie schüttelte.

Der Tanz der Magier

Einmal bemalte Scarlet ihre Finger. Dass sie ihren Fingernägeln Muster verpasste, war nichts Außergewöhnliches. Aber die Malerei auf ihren Fingern sah richtig Furcht erregend aus. Ich bekam davon sogar einen Albtraum: Ich sah, wie die dunklen Linien sich wie ein Gewächs über Scarlets Arme schlängelten und den Hals hinaufwuchsen. Dann überzogen sie ihr Gesicht. Scarlets leuchtend braune Augen füllten sich mit schwarzer Tinte. Mit rasendem Herzen wachte ich auf. Erleichtert stellte ich fest, dass alles nur ein Traum gewesen war. Später entdeckte ich ein ähnliches Muster auf einem der gestohlenen Bücher. Von nun an erschienen mir die Bücher noch gefährlicher als zuvor.

Buttermoor bemerkte natürlich die Malerei auf den Fingern und verlangte, dass Scarlet sie augenblicklich entfernte.

„Schon bald wird er mich nicht mehr daran hindern können", hörte ich Scarlet im Badezimmer sagen, und ich sah in ihren Augen wilde Entschlossenheit.

Vor einigen Tagen geschah wieder etwas Beunruhigendes: Während Buttermoor schlief, waren wir im geheimen Raum. Scarlet las in einem Buch, das ich ihr aus einer Magierbibliothek gebracht hatte.

„Robin", sagte sie plötzlich und sah auf. „Es ist besser, wenn du jetzt nach oben gehst." Sie hätte mir genauso gut einen Schlag ins Gesicht verpassen können. Ich war immer ihr treuer Gefährte gewesen, und jetzt schickte sie mich fort. Später war mir klar, dass sie mich nur hatte schützen wollen. Natürlich blieb ich bei ihr und kroch unter einen Stuhl.

„Wie du willst", sagte sie. Ihre Stimme klang kalt. Sie ging in die Mitte des Raums und stellte sich gerade hin. Wie sie so dastand, blieb mir fast die Luft weg. Ich war fasziniert und erschrocken zugleich. Wo war das Mädchen von früher?

Scarlet schloss die Augen, streckte eine Hand weit von sich und murmelte eine Formel. Sie glich jetzt einer mächtigen Magierin, die sich ihrer Kraft bewusst war.

Grelles Licht flammte auf und erfüllte den Raum bis in die letzte Ecke. Ich duckte mich und presste die Augen zusammen. Eine Welle heißer Luft wehte über mich hinweg und versengte mir das Fell. Es roch scheußlich. Als ich die Augen öffnete, sah ich weiße Sternchen. Die Luft flimmerte, sodass ich kaum etwas erkennen konnte. Scarlet stand noch immer mit geschlossenen Augen in der Mitte des Raums und lächelte eigenartig. Dann hob sie das Kinn und begann, mit ausgestreckten Händen durch den Raum zu gehen. Dieses Gehen glich bald einem Tanzen zu einer Musik, die ich nicht hören konnte. Scarlet wiegte sich, bewegte Kopf und Arme erst bedächtig, dann immer wilder.

Dieser Anblick weckte in mir bittere Gefühle. Ich hatte schon einmal einen Magier tanzen gesehen, nachdem er seine magischen Kräfte unter Beweis gestellt hatte. Allerdings hatte er etwas sehr Grausames getan. Würde Scarlet einmal ihre magischen Fähigkeiten ebenso eiskalt nutzen, so als hätte sie keine Gefühle, kein Mitleid? Und würde sie danach tanzen?

Im Augenblick lag sie neben mir auf dem Bett. Ich spürte die Wärme ihres Köpers. Nach einem kurzen Telefonat mit Tim war Scarlet eingeschlafen. Sie holte nach, was sie in der Nacht versäumt hatte. Man sah ihr an, dass sie in den letzten Tagen nicht viel geschlafen hatte. Ihr Gesicht war noch schmäler geworden, und unter ihren Augen waren dunkle Ringe. Sie sah zart und zerbrechlich aus. Manchmal, wenn sie durch ihre magischen Fähigkeiten so bedrohlich wurde, vergaß ich, dass sie noch so jung war.

Zurück aus all den Erinnerungen wollte ich eben die Augen schließen, um auch etwas zu ruhen, als Schritte zu hören waren. Jemand näherte sich dem Zimmer, das konnte nur Buttermoor sein. Er kam immer, wenn Scarlet nicht auf sein Rufen reagierte. Ich versuchte, Scarlet zu wecken, miaute, stupste sie mit der Schnauze, biss sie sogar leicht ins Ohr. Mein einziger Erfolg war, dass sie tief einatmete und sich von mir wegdrehte. Die Tür flog auf. Buttermoor kam hereingepoltert. Als er Scarlet im Bett liegen sah, blitzten seine Augen wütend.

„Aufgewacht, junge Dame!", rief er. Seine Mundwinkel zuckten leicht.

Scarlet richtete sich benommen auf.

„Ich habe dich um deine Mithilfe gebeten. Das Mittagessen ist längst fertig. Brauchst du eine Sondereinladung?"

„Entschuldigung!", nuschelte Scarlet.

„Außerdem hat die Katze nichts im Bett zu suchen", ereiferte sich Buttermoor. Ich verdrückte mich schleunigst. Offensichtlich lag dem Onkel der angekündigte Besuch im Magen. Denn sonst war er nie so unbeherrscht. Buttermoors Nasenflügel blähten sich, als Scarlet sich an ihm vorbeidrückte.

„Andere nützen ihre Freizeit, um Formeln zu lernen oder an ihrer Köperhaltung zu arbeiten!", rief er ihr im Korridor hinterher. Er kam immer mehr in Fahrt. „Du bist stinkfaul!", schrie er.

Ich hoffte, Scarlet würde die Ruhe bewahren und ihn reden lassen. Sie war knapp vor ihrem Ziel, jetzt durfte sie ihren Plan nicht zerstören.

Ich blieb alleine in Scarlets Zimmer zurück. Das kam nicht oft vor. Aber ich wollte nachsehen, was und ob sie etwas Neues in ihr Tagebuch geschrieben hatte. Ich hatte zwar deswegen ein schlechtes Gewissen, aber meine Neugierde war einfach größer. Scarlet hatte natürlich keine Ahnung, dass ich lesen konnte.

Scarlet schrieb nicht jeden Tag etwas in ihr Tagebuch. Manchmal verfasste sie ein Gedicht oder zeichnete etwas. Zeit hatte sie genug. Buttermoor nannte sie in ihren

Aufzeichnungen „Buttermöhrli" und mich „mein Kätzchen" oder „Robin". „Ohne Frau Nilson und Robin wäre ich sehr alleine", schrieb sie einmal. Als sie mit Tim zu telefonieren begann, schrieb sie oft über ihn und darüber, was er ihr erzählt hatte. Weil ich ihr Tagebuch las, wusste ich von ihren Wünschen und ihrem geheimen Plan.

Eine Tagebuchaufzeichnung berührte mich besonders: „Heute Nacht hatte ich einen merkwürdigen Traum. Ich saß in einer kleinen Küche. Sie war sehr hell, und es duftete nach Vanillepudding. Tim saß neben mir, und uns gegenüber saß seine Mutter. Wir tranken heißen Kakao, Spielkarten lagen auf dem Tisch. Tims Mutter teilte die Karten aus. Ich nahm meine Karten hoch. Tim lächelte mich an. ‚Du bist dran', sagte Tims Mutter. Ihre Stimme klang so jung und hell. Immer wenn sie mich ansah, lächelte sie. Ich wusste nicht, welche Karte ich ausspielen sollte. Ich wusste gar nicht, welches Spiel wir überhaupt spielten. Tim sah mich an, und seine Mutter sah mich an. Beide lächelten und warteten. Ich überlegte, konnte aber keinen klaren Gedanken fassen. Selbst wenn ich eine Karte gewählt hätte, meine Hände waren völlig kraftlos, ich konnte mich nicht bewegen. Ich saß da, und die beiden sahen mich an und warteten. So gerne hätte ich mit ihnen gespielt, doch langsam lösten sie sich auf. Ich erwachte und war so traurig."

Scarlet wünschte sich eine Familie, eine richtige Familie. Doch Scarlet wusste, dass die Magier es nie zulassen würden, dass sie Lord Buttermoor verließ. Denn Scarlet hatte keine Eltern mehr und auch keine Verwandten, zu denen sie gehen konnte. Und dass sie bei Menschen wohnte, die keine magischen Fähigkeiten hatten, war ausgeschlossen. Scarlet hatte es sich aber in den Kopf gesetzt, es dennoch zu versuchen.

Der Besuch

Nach dem Essen kam Scarlet ins Zimmer zurück. An ihren Händen klebte etwas Schaum. Sicher hatte sie den Abwasch erledigt. Ihr Gesichtsausdruck war düster. Sie warf sich aufs Bett und griff nach dem Handy. Ein Geräusch ließ uns beide aufhorchen. Ich warf einen Blick aus dem Fenster. Aus dem Wald kam ein Fahrzeug, gefolgt von einer dicken Staubwolke. Es kam zügig die holprige Straße näher.

„Auch das noch!", stöhnte Scarlet.

Sie sah nur kurz auf. Ihre Finger tippten eine Nachricht. Als Scarlet damit fertig war, verstaute sie das Handy und erhob sich.

„Dann müssen wir wohl oder übel zur Begrüßung erscheinen. Oh, wie ich das hasse", sagte sie und wartete, bis ich ihr folgte.

Seltsamerweise hatte ich eine komische Vorahnung. Mein Magen verwandelte sich in einen fünffachen Knoten. Warum war ich nur so beunruhigt?

Lord Buttermoor hatte die Zeit nach dem Mittagessen

genützt, den Rest der Blumen zu gießen. Er stand bereits im Flur, trug aber noch die Schürze und zupfte an seinen Gummihandschuhen.

Tante Serafina öffnete die Tür mit Magie und stolzierte mit schwingenden Hüften und einer Zigarette zischen den gespreizten Fingern herein. Ihre kirschroten Stöckelschuhe verfehlten nur knapp meinen Schwanz.

„Igitt!", rief sie. „Was für ein scheußliche Tier."

Ich brachte mich, so schnell ich konnte, in Sicherheit.

Serafinas Kleid war kurz und hatte einen weiten Ausschnitt. Ihre Brüste sahen wie runzelige Luftballone aus. Um den Hals klimperte eine lange Kette. Sie wirkte etwas jünger als Buttermoor, obwohl sie ihr orangegrün gefärbtes Haar nicht gerade jung aussehen ließ. Die spitze Nase war so kurz, dass die Nasenlöcher zu sehen waren. Die grellrot geschminkten Lippen passten farblich zu den Schuhen. Es war erstaunlich, wie breit ihr Mund wurde, wenn sie lächelte.

Sie blieb vor Scarlet stehen und musterte sie von oben bis unten. Dabei zog sie kräftig an ihrer Zigarette, und ihre hohlen Wangen wurden noch hohler.

„Kindchen, du wirst wohl nie erwachsen", bemerkte sie und stieß eine Rauchwolke aus. „Du kleidest dich immer noch wie ein Kind."

„Kleider machen niemanden erwachsen", hörte ich Scarlet murmeln.

Serafina hatte sich bereits abgewandt und breitete die Arme aus, um ihren Bruder zu begrüßen.

„Sie ist unausstehlich", flüsterte Scarlet mir zu.

„Scarlet, begrüße deine Tante!", sagte Buttermoor, bevor Serafina ihn an sich drückte und er ein quiekendes Stöhnen von sich gab. Buttermoor hatte es noch nicht geschafft, die Gummihandschuhe loszuwerden.

„Lass sie doch!", meinte Serafina und deutete zwei Küsschen an. „Sie ist in einem schwierigen Alter."

„Hallo, liebe Tante!", sagte Scarlet und betonte das Wort „liebe". Sie musste sich zusammenreißen, um nicht noch etwas hinzuzufügen.

„Du riechst scheußlich", bemerkte Serafina in ihrer erfrischend direkten Art zu ihrem Bruder gewandt. Ihr missbilligender Blick war auf die Gummihandschuhe Lord Buttermoors gerichtet.

„Sag bloß, du kümmerst dich noch immer um dieses

verlauste Grünzeug. Du solltest diese Pflanzen endlich begraben!"

Buttermoor wollte etwas erwidern, doch er kam nicht dazu.

„Bella!", rief Serafina und wandte sich ihrer Tochter zu, die hinter ihr den Raum betreten hatte. „Begrüße deinen Onkel!"

Bella trug ein ebenso elegantes, jedoch nicht so pompöses Kleid wie ihre Mutter. Ihr blasses Gesicht wurde von langen dunklen Haaren umrahmt. Die spitze Nase hatte sie von der Mutter geerbt. Ihr schmaler Mund drückte Entschlossenheit aus.

„Mein Schatz hat es geschafft und wird nächstes Jahr in den Moorturm übersiedeln", platzte Serafina mit vor Stolz geschwellter Brust heraus.

„Mama!", protestierte Bella.

„Ihr könnt euch nicht vorstellen, wie gut sie war!"

„Mama, es reicht!", rief Bella, aber ihre Mutter war nicht zu stoppen.

„Lord Argus Ash, du weißt schon, der junge Lehrer, war von ihren Leistungen gerade zu überwältigt. Er hat Bella in Aussicht gestellt, dass sie sogar eine Klasse überspringen kann. Ist das nicht großartig?" Serafina strahlte wie ein Christbaum. „Natürlich wird sich Lord Ash ihrer besonders annehmen." Serafina saugte an der Zigarette, und die vor Stolz geschwellte Brust hob sich noch ein Stück. Danach blies sie geräuschvoll den Rauch gegen die Decke.

Bella verzog den Mund. Sie löste sich von der Seite ihrer Mutter, reichte Buttermoor die Hand und begrüßte ihn.

Serafina wandte sich wieder Scarlet zu. „Wie steht es mit dir?", erkundigte sie sich. In ihren Augen stand Mitleid. „Wirst du heuer die Prüfung schaffen?"

Diese Frage musste ja kommen! Buttermoor hatte sich endlich eines der beiden Gummihandschuhe entledigt. Eine leichte Röte stieg ihm ins Gesicht, und er hüstelte gekünstelt. „Kommt doch bitte weiter!", sagte er. „Es gibt Tee und Kuchen." Laut schnalzend löste sich der zweite Handschuh.

Serafina betrachtete ihn kopfschüttelnd. Buttermoor machte sich auf den Weg und ging voraus.

„Der gute Argus Ash ist für eine Weile bei uns eingezogen", rief ihm Serafina nach. „Er leitet in diesem Jahr die Prüfungskommission. Ich werde für Scarlet ein gutes Wort bei ihm einlegen." Serafina schenkte Scarlet ein Lächeln. „Du wirst es schon schaffen, mein Schätzchen", versicherte sie und strich Scarlet wohlwollend über den Kopf. „Der gute Argus ist uns das schuldig."

Der gute Argus! Als sie den Namen Argus Ash zum ersten Mal aussprach, krampfte sich mein Herz zusammen, Übelkeit und Wut stiegen in mir hoch. Mit diesem Magier verband mich die schlimmste Erinnerung meines Lebens.

Serafina zog erneut an der Zigarette und schnippte Asche auf den Boden, bevor sie Buttermoor in die Küche folgte. Scarlet und Bella begrüßten einander mit einem Nicken und schlossen sich Serafina an.

Ich war nicht fähig, ihnen zu folgen. Meine Beine versagten mir einfach den Dienst. Am liebsten hätte ich auf der Stelle gekotzt. Ich hatte ein Geheimnis, das mit Argus Ash verbunden war. Die Wunden, die dieser Magier in mir hinterlassen hatte, waren alles andere als verheilt. Als ich später die Küche erreichte, war gerade ein Gespräch in Gang. Lord Buttermoor wirkte in der Nähe seiner Schwester unsicher und unbeholfen.

Serafina hatte auf einem Stuhl Platz genommen und

ermunterte gerade ihren Bruder, sein Leben zu verändern. Scarlet und Bella standen noch und machten keine Anstalten, sich zu setzen. Ihnen war anzusehen, dass sie liebend gerne woanders wären.

Buttermoor machte sich am Herd zu schaffen. Er ließ Wasser in einen Topf laufen. Der Kuchen, den Frau Nilson gebacken hatte, stand bereits am Tisch.

„Ich habe unlängst Ramona getroffen", erzählte Serafina und legte etwas Geheimnisvolles in ihre Stimme. Buttermoor wollte eben den Topf auf den Herd stellen, hielt aber kurz inne. „Sie würde dich gerne treffen, Alfred!" So hieß Scarlets Onkel mit Vornamen. Buttermoor platzierte den Topf am Herd. Dann wandte er sich Serafina zu.

„Bitte nicht jetzt!", zischte er mit einem Blick auf die beiden Mädchen. „Scarlet", rief Buttermoor, „du könntest mir helfen und den Tisch decken."

Serafina langte nach einer Untertasse und verwendete sie als Aschenbecher. Sie drückte die Zigarette aus und steckte sich eine neue in den Mund. Dass in Buttermoors Haus sonst nicht geraucht wurde, schien sie nicht zu kümmern.

„Warum deckst du nur für zwei?", fuhr Buttermoor Scarlet an, die eigentlich nichts für seinen Unmut konnte. „Wir sind vier."

„Lass sie!", mischte sich Serafina ein. „Ich glaube nicht, dass die beiden Mädchen an unseren Gesprächen interessiert sind." Sie schenkte ihrem Bruder ein viel sagendes Lächeln und deutete den Mädchen, dass sie verschwinden sollten. Mit einer Rauchwolke, die sie Buttermoor ins Gesicht blies, besiegelte sie, dass Bella und Scarlet den Raum verlassen durften. Das taten die beiden auch. Und ich sauste hinter ihnen her.

Der Streit

„Ich hasse meine Mutter!", verkündete Bella, als sie Scarlets Zimmer erreichten.

„Weil sie nichts für sich behalten kann?", fragte Scarlet.

„Wegen allem! Ich hasse, wie sie redet, wie sie sich bewegt, ihr aufreizendes Kleid und den schrecklichen Lippenstift. Und natürlich auch, dass sie gleich jedem alles erzählen muss." Bella atmete tief durch die Nase.

„Dass du die Prüfung geschafft hast, ist doch toll!", versicherte Scarlet.

Bella wehrte ab. „Sei froh", meinte sie, „dass du nur mit Onkel Alfred klarkommen musst. Aber ich werde bald erlöst sein. Auf mich wartet ein anderes Leben. Ich kann es gar nicht erwarten, meine Sachen zu packen." Bella ließ sich auf Scarlets Bett fallen und schlug die Beine übereinander. „Wie lange wirst du noch in dieser Bruchbude hausen?", fragte sie und starrte aus dem Fenster.

„Mir gefällt es", erwiderte Scarlet und nahm mich hoch, um mich zu streicheln.

„Hier muss es ja todlangweilig sein. Ihr lebt ja völlig abgeschieden. Was treibst du den ganzen lieben Tag? Spielst du mit Murmeln, oder führst du Gespräche mit dieser Katze?" Bella warf mir einen abschätzigen Blick zu. Scarlet ließ mich wieder auf den Boden. Sie wollte Bella etwas entgegnen. Doch Bella war nun richtig in Fahrt. „Schau, dass du endlich diese Prüfung schaffst! Die Jungs im Moorturm sind megasüß." Sie lachte, und die Enden von Bellas schmalen Lippen erreichten beinahe ihre Ohren.

Scarlet wusste darauf nichts zu sagen und schwieg. „Rede dir ja nicht den Mund fusselig!", meinte Bella gereizt. Sie betrachtete ihre Fingernägel und schnaubte vor Langeweile. Da wurde sie auf ein Brummen aufmerksam.

Scarlets Augen weiteten sich. Sie beeilte sich, das Bett zu erreichen, doch Bella hatte bereits das Handy unter dem Kopfkissen entdeckt.

„Scarlet, Scarlet, und ich dachte immer, du wärst völlig weltfremd. Ihr habt sicher nur einen Schwarz-Weiß-Fernseher, und jetzt finde ich das."

„Gib es mir bitte!", forderte Scarlet sie auf.

Bella sah Scarlet mit gespieltem Erstaunen an. „Soviel ich weiß, sind Handys verboten. Aber keine Sorge, ich habe auch eines", fügte sie kichernd hinzu.

Ich selbst war viel zu aufgeregt um einzugreifen. Aber was hätte ich auch schon tun können?

Scarlet hielt ihr die offene Hand hin. Doch anstatt Scarlet das Handy zu geben, stand Bella auf. Sie machte einige Schritte durch den Raum, ohne den Blick von Scarlet abzuwenden.

„Scarlet, Scarlet, du überrascht mich, ich bin ehrlich neugierig, mit wem du geheime Telefonate führst."

„Gib mir das Handy!" rief Scarlet.

Doch Bella schien sich über ihre Erregtheit zu amüsieren. „Scarlet macht verbotene Sachen", kreischte sie entzückt. Als Scarlet ihr das Handy aus der Hand reißen wollte, veränderte sich Bellas Gesichtsausdruck plötzlich. Sie zog die Augenbrauen hoch, die Mundwinkel zuckten leicht.

Scarlet wurde nun von einer magischen Kraft erfasst und zurückgedrängt. Sie stolperte und fiel aufs Bett.

Bella grinste, ihre Augen funkelten. „Scarlet, ich beherrsche Magie. Im Gegensatz zu dir habe ich etwas gelernt. Also, fass mich nicht an!" In mir stieg Zorn auf.

Scarlet war vor Schreck wie gelähmt. Magie an anderen Magiern auszuüben war verboten und wurde bestraft.

Bella schien ihren Gedanken zu erraten und fragte belustigt: „Na, was willst du tun? Mich verpetzen? Soll ich Onkel Alfred von dem hier erzählen?" Triumphierend hielt sie das Handy hoch. Doch auf einmal war dieses verschwunden. Mit offenem Mund starrte Bella auf ihre leere Hand. „Scarlet", rief sie. „Du überraschst mich immer mehr! Du beherrscht ja Magie! Um mich auszutricksen, musst du jedoch früher aufstehen!" Sie schüttelte den Kopf, dass ihr die langen schwarzen Haare ins Gesicht fielen. „Du wirst nun freiwillig das Handy herausrücken, Scarlet!"

Scarlet blieb gelassen. „Tu es nicht!", warnte sie.

Bella warf lächelnd den Kopf zurück und streckte die rechte Hand aus. Ich hätte ihr mit den Krallen ins Gesicht fahren können, aber ich wusste, dass Scarlet sich selbst helfen konnte. Der Ausdruck in Bellas Gesicht verdüsterte sich. Ihre zart geschwungenen Augenbrauen schienen zusammenzuwachsen. Sie murmelte eine Formel und wandte sich in einer fließenden Bewegung Scarlet zu. Alles geschah ganz rasch.

Grelles Licht erfüllte den Raum. Es gab einen Knall, und Bella war verschwunden. Scarlet stand regungslos da. Ihre Hand zeigte in die Richtung, wo Bella eben noch gestanden war. Ihre Finger bewegten sich noch. Was war geschehen?

Da entdeckte ich Bella und musste grinsen. Sie hing von der Decke, ihr blasses Gesicht leuchtete bläulich. Im nächsten Moment wurde die Tür aufgestoßen. Serafina und Buttermoor stürmten herein. Beim Anblick ihrer Tochter schlug Serafina die Hände vors Gesicht. Ihre Lippen zitterten, und ein leises Wimmern drang aus ihrem Mund.

„Bella, Liebling, was hat sie dir angetan?", rief sie und warf Scarlet einen giftigen Blick zu. „Ich verlange eine Erklärung!", forderte sie und sah so aus, als wollte sie Scarlet im nächsten Augenblick fressen. „Warst du das?", fragte sie und betonte jedes einzelne Wort. Ihre Augen wurden groß wie Teller. „Wer soll es sonst gewesen sein?", gab sie sich selbst die Antwort und musste erst ein paar Mal durchatmen, bevor sie weiterreden konnte. „Oder hat deine Katze magische Fähigkeiten?"

Leider hatte ich keine, sonst hätte ich ihr schon längst anstelle ihrer Lippen einen Reißverschluss verpasst.

Scarlet schwieg. Sie sah erschrocken aus, wie ein Reh, das im falschen Augenblick den schützenden Wald verlassen hatte.

Buttermoor starrte Bella grimmig an. „Das kann sie nicht gewesen sein", sagte er.

„Du glaubst also, dass Bella sich selbst an die Decke gezaubert hat?", rief Serafina, und ihre Stimme überschlug sich. „Du machst das auf der Stelle rückgängig!", schrie sie Scarlet an, die nicht darauf reagierte. „Alfred, die Kleine hat es faustdick hinter den Ohren. So sag doch etwas!"

Buttermoor schüttelte den Kopf. „Scarlet beherrscht nicht einmal einfachste Magie", presste er hervor. „Sie kann das nicht gewesen sein, ich werde versuchen, den Zauber rückgängig zu machen."

Serafina ließ ein wütendes Schnauben hören. Sie war nahe daran zu explodieren. „Mein Kind beherrscht Magie!", stieß sie hervor. „Bella hat sich mit Sicherheit nicht selbst an die Decke gezaubert."

Da fiel Bella herunter, direkt in Buttermoors Arme. Die Kraft des Zaubers hatte nachgelassen.

„Schätzchen!", rief Serafina und stürzte auf ihre Tochter zu. Sie nahm Bellas Gesicht in die Hände.

„Leg sie aufs Bett!", herrschte Serafina ihren Bruder an. Dann beugte sie sich über ihr Kind und strich ihm über die Wangen. „Mein armer Liebling", jammerte sie, „was hat sie dir angetan?"

Bella wies ihre Mutter von sich und richtete sich auf. Sie wirkte etwas verdattert. „Mir geht es gut", versicherte sie schließlich, obwohl es gar nicht danach aussah. „Alles in Ordnung. Ich wollte Scarlet nur etwas zeigen", beteuerte Bella und brachte ein gequältes Lächeln zustande. „Da ist wohl etwas schief gegangen, ein Unfall."

Danach war es still, Serafina starrte Bella, dann Scarlet an.

„Ich habe es doch gleich gesagt", bemerkte Buttermoor.

Scarlet sah erschrocken aus und atmete heftig. Jede Farbe war ihr aus dem Gesicht gewichen. Hoffentlich verriet sie nichts! Serafina schnaubte verächtlich, Scarlet schwieg. Mir fiel ein Stein vom Herzen.

„Können wir jetzt gehen, Mama", fragte Bella matt. „Hier ist es stinklangweilig."

„Du solltest dich bemühen, dein Leben und dieses Kind da in den Griff zu bekommen, Bruderherz!", zischte Serafina, als sie sich an Buttermoor vorbeidrängte. „Du wirst nicht ewig den Kopf in den Sand stecken können."

Serafinas Augen verengten sich zu böse funkelnden Schlitzen, als sie ihren Blick auf Scarlet richtete. Scarlet starrte ebenso zurück. Daraufhin rümpfte Serafina die Nase und verließ das Zimmer. „Ich werde mit Ash über Scarlet reden", rief sie vom Korridor aus.

Mit grauem Gesicht und etwas torkelnd folgte Bella ihrer Mutter. Buttermoor beeilte sich, den beiden hinterherzulaufen. Scarlet blieb im Zimmer zurück. Sie ließ sich aufs Bett fallen und atmete geräuschvoll aus. Sie fuhr sich mit den Fingern durch die Haare und sagte verzweifelt: „Ich hab es verbockt!" Sie tat mir schrecklich leid. Aber vielleicht würde Bella ja auch weiterhin nichts über Scarlets magische Fähigkeiten verraten.

Das Handy

Die Idee, Buttermoor zu verlassen, war in Scarlet entstanden, nachdem sie Tim kennengelernt hatte. Das kam so: Buttermoor musste wieder einmal zu einem geheimen Treffen, und Scarlet und ich durften mit in die Stadt fahren. Während er beim Treffen war, saßen wir auf einer Bank im Park. Der Park war voller Leben. Kinder spielten in einem Sandkasten. Radfahrer nutzten die schattigen Wege. Im Schutz einiger Büsche küsste sich ein Liebespaar.

Scarlet konnte sich gar nicht sattsehen. Sie liebte diesen Ort, hier konnte sie einen Blick in die Welt der nichtmagischen Menschen werfen.

Da kam ein kleines Mädchen auf sie zugerannt. Es blieb vor Scarlet stehen und grinste breit. „Darf ich die Katze streicheln?", fragte es und wischte sich die Hände an der Hose ab.

„Na klar, warum nicht?", hätte Scarlet gerne gesagt, doch sie schüttelte den Kopf. Buttermoor hatte ihr oft genug eingebläut, dass die Menschenwelt für sie tabu war und sie keinen Kontakt zu Kindern aufnehmen durfte. Erst später, wenn sie reif genug dafür war, würde sie auf das Leben in der Menschenwelt vorbereitet werden. Bis dahin war sie dazu verdammt, bloß zusehen zu dürfen.

Das Mädchen wandte sich enttäuscht ab und rannte weg. Wir sahen dem Kind nach. Scarlets Herz wurde schwer, sie biss die Zähne zusammen. Sie schien über sich selbst wütend zu sein.

Da erklang eine Melodie, wie um sie aufzuheitern. Ich bemerkte zuerst, woher sie kam: von einem Handy, das im Gras lag. Scarlet wusste, was ein Handy war, allerdings hatte sie noch nie eines in der Hand gehabt. Sie drückte daher auf ein paar Tasten, bevor sie auf einmal eine leise Stimme hörte. Sie hielt das Handy ans Ohr und lauschte. Erst als der Junge, der angerufen hatte, zum vierten Mal „Hallo, wer ist da?" fragte, reagierte sie.

„Scarlet", sagte sie.

Der Junge war Tim. Er hatte sein Handy verloren und angerufen, um herauszufinden, ob es von jemandem gefunden worden war. Am Ende der kurzen Unterhaltung mit Scarlet wollte Tim das Handy nicht mehr zurückhaben. Stattdessen bat er Scarlet, ihn doch so oft wie möglich anzurufen. Das musste er ihr nicht zweimal sagen. Der Gedanke, dass sie eine Verbindung zur Menschenwelt haben könnte, versetzte Scarlet in Hochstimmung. Ihr war klar, dass sie damit gegen die Regeln verstieß. Doch seit sie Nacht für Nacht den geheimen Raum aufsuchte, war ihr vieles egal geworden. Sie war sich sicher, dass sie die Sache mit Tim geheim halten konnte.

Ein paar Tage nach dem Handyfund geschah etwas, das es zuvor noch nie gegeben hatte: Scarlet bekam Post. Zu ihrem Glück öffnete Frau Nilson dem Briefträger die Tür und übernahm das dicke Kuvert. Sie war zwar verwundert, fragte aber nicht nach. Das Kuvert enthielt einen Brief und Zubehör samt Anleitung für das Handy. Nun konnte Scarlet, wann immer sie wollte, Kontakt zur Außenwelt aufnehmen. Sie hatte einen Freund, wenn auch nur für heimliche Telefonate. Doch sie war begeistert – und ich war voller Sorge.

Sie telefonierte mit Tim täglich mindestens einmal. Sie wollte über alles Bescheid wissen: Was er gegessen hatte, was er im Fernsehen gesehen hatte, wie es in der Schule war, was seine Mutter alles tat. Sie wollte auf diese Weise an seinem Leben teilhaben. Dass sie noch viel mehr wollte, wusste ich aus ihrem Tagebuch.

„Ich werde einmal bei Tim wohnen", eröffnete sie mir vor einigen Tagen. „Und dich werde ich mitnehmen." Bei diesen Worten wurde es mir schwer ums Herz. Wenn sie einmal bei Tim war, würde sie mich vielleicht nicht mehr so brauchen.

„Es war kein Zufall, dass ich den Raum unter meinem Zimmer entdeckt und das Handy gefunden habe", sagte sie mit verträumter Stimme. „Ich werde einmal ein anderes Leben führen. Eines, das ich mir schon immer gewünscht habe. Ich werde bald so stark sein, dass mich niemand mehr daran hindern kann. Verstehst du?" Ich verstand sie nur zu gut. Und ich wusste, dass sie bald so weit sein würde. Ich sprang aufs Bett und legte mich schnurrend zu ihr. Scarlet schenkte mir ein Lächeln. Wie so oft nahm sie meinen Kopf zwischen ihre Hände und drückte ihr Gesicht in mein Fell.

Doch jetzt, nach dem Streit mit Bella, war sie verzweifelt. „Robin, mein Freund, nun ist alles aus. All die Geheimnistuerei war umsonst. Bella weiß über meine Fähigkeiten Bescheid, und Serafina wird die Wahrheit herausbekommen. Was soll ich bloß tun?" Nach ein paar Minuten Schweigen sagte sie: „Robin, ich habe eine Bitte."

Ich bekam ein komisches Gefühl. So hatte sie noch nie mit mir gesprochen. Ich spürte, wie mein Herz schneller zu schlagen begann. Sie schaute mich ganz eigenartig an, als würde sie in mir mehr als nur eine Katze sehen, als wäre ich ein wirklicher Freund, ihr Verbündeter.

„Du hast schon so viele Bücher für mich gefunden. Glaubst du, du kommst auch an Bellas Bücher heran? Ich muss erfahren, ob und was sie schon mehr kann als ich – vielleicht will Bella sich an mir rächen, ich muss vorbereitet sein. Aber bring mir nur etwas, was ich noch nicht kenne!" Scarlet sah mich erwartungsvoll an. Sie zweifelte nicht daran, dass ich sie verstand.

Na klar würde ich an Bellas Bücher herankommen. Ich war bereit, alles zu tun, um Scarlet zu helfen. Buttermoors Schwester wohnte am Rande der Stadt. Viele Magierinnen und Magier lebten dort. Aber ich wusste nicht genau, wo sich ihr Haus befand. Bisher hatte ich es vorgezogen, näher gelegene Häuser aufzusuchen.

Ein vertrautes Kribbeln erfasste mich. Es vermischte sich mit Aufregung und Tatendrang. Scarlet wollte, dass ich ihr half! Ich befreite meinen Kopf aus ihren Händen und sprang vom Bett. Bevor ich das Zimmer verließ, drehte ich mich noch einmal um. Ich wollte mir ihr Gesicht einprägen – für den Fall, dass ich sie nicht wiedersehen würde.

„Keine Angst, du wirst sie schon wiedersehen", beruhigte ich mich. „Sie wird Buttermoor nicht Hals über Kopf verlassen. So verrückt ist sie nicht. Und mir wird schon nichts passieren."

Wenn ich nur etwas geahnt hätte! Dann wäre ich nicht losgelaufen.

Der Schüler

Die warme Nachmittagssonne leuchtete golden. Ich nahm nicht die Straße, die in die Stadt führte, sondern bog in den Wald ab. So würde ich schneller sein. Ich wählte einen Weg durch einen Jungwald, in dem die Bäume dicht beisammenstanden. Je tiefer ich in den Wald kam, desto düsterer wurde es. Fichtennadeln bedeckten den Boden, der bei jedem Schritt leicht federte. Ich trieb mich zur Eile an, vielleicht konnte ich den Stadtrand erreichen, bevor die Nacht hereinbrach.

Als ich die letzten Bäumchen des Jungwalds hinter mir ließ, tat sich vor mir eine Lichtung auf. Sie war mit Farnen und Gräsern bewachsen, die im Licht der Abendsonne glänzten. Vögel zwitscherten ihr Gutenachtlied.

Während ich so dahinlief, dachte ich an Scarlet. Ob sie noch verzweifelt war? Hoffentlich würde es mir gelingen, ihr zu helfen. Ich konnte verstehen, dass sie sich eine Familie wünschte. Dennoch fand ich es auch eigenartig, dass sie ihre besonderen Fähigkeiten nützen wollte, um sie später einmal nicht mehr zu nützen. Jeder andere Magier wäre stolz darauf, solche Fähigkeiten zu haben. Aber nicht nur Magier ...

Das Bild eines Jungen tauchte in meinem Kopf auf. Er hatte dunkles, beinahe schwarzes Haar, dunkle Augen und eine dunkle Haut. Seine Zähne hingegen waren strahlend weiß. Der Junge saß an einem Tisch. Ein hochgewachsener Mann in einem schwarzen langen Gewand stelzte wie ein riesiger Wasservogel um ihn herum.

„Wo ist die Feder?", fragte er schneidend.

Der Junge zog den Kopf ein, als würde ihn jedes Wort wie ein Keulenschlag treffen.

„Wo?"

„Sie, i i i...", begann der Junge mit vor Angst geweiteten Augen.

Der Mann hielt im Gehen inne, und sein Gesicht näherte sich dem Jungen.

„Sie", begann der Junge von Neuem, „klebt an meiner Hand."

Ein spöttisches Grinsen huschte über das Gesicht des Mannes. „Du solltest sie doch durch den Raum schweben lassen. Ist das so schwer, oder habe ich mich nicht klar ausgedrückt?", blaffte er. „Klebt sie, weil deine Magie so kläglich ist, oder schwitzen deine Hände so, dass die Feder sich gar nicht lösen kann?"

Der Mann richtete sich auf und fuhr sich mit der Hand durchs Haar. „Das wird nichts", konnte der Junge ihn sagen hören. Diese Worte trafen ihn mitten ins Herz. Er hatte zwar magische Fähigkeiten, aber er konnte sie kaum einsetzen. Er war noch unbeholfener als Scarlet vor der Entdeckung des geheimen Raums.

Der Lehrer des Jungen war jung und ehrgeizig. Er setzte in seinen Schüler große Erwartungen. Doch so sehr sich der Junge auch bemühte, er konnte den Lehrer nur enttäuschen. Nichts wollte ihm so richtig gelingen. Der Lehrer wurde deshalb sehr wütend. Der Junge bekam Angst vor ihm. Die Wut des Lehrers macht ihn noch verzagter und unsicherer. Vor jeder Übungsstunde bekam er Bauchweh, und seine Hände fingen zu schwitzen an. Hob der Lehrer die Hand, zog der Junge den Kopf ein, weil er fürchtete, geschlagen zu werden.

„Hast du ein schlechtes Gewissen?", höhnte der Lehrer dann. Die Unsicherheit des Jungen vergrößerte seinen Zorn. Er sah nicht, wie sehr sich der Junge bemühte.

Er hatte bloß Mitleid mit sich selbst, weil er sich mit einem so unbegabten Schüler plagen musste.

Der Junge war ich, und der Lehrer war Argus Ash. Über seine Stirn hing meistens eine Haarsträhne, die er mit einem Seitwärtsschlenker nach hinten beförderte. Um interessanter auszusehen, ließ er sich einen Dreitagebart wachsen. Seine Fingernägel hingegen waren immer maniküt. Argus Ash trug seine schwarze Robe den ganzen Tag über. Unter den Achseln hatten sich weiße Schweißringe gebildet.

„So wird das nichts, mein Junge", war einer seiner Lieblingssätze. Dabei schlug er gerne auf den Tisch, um seinen Worten Nachdruck zu verleihen.

Ich zuckte jedes Mal erschrocken zusammen und hasste mich für meine Ängstlichkeit. Manchmal hatte ich das Gefühl, als wäre ich für Argus Ash nicht mehr als eine lästige Fliege, die er nur zu gerne zerquetscht hätte.

Eines Tages passierte das, wovor im mich schon immer gefürchtet hatte. Ich war in meinem Zimmer und übte Formeln, in der Hoffnung, den Magier mit meinem Wissen zu überraschen. Da bekam er Besuch. Die Tür meines Zimmers war nur angelehnt, und so konnte ich das Gespräch mithören.

„Der Junge bringt mich noch um den Verstand", jammerte Ash. „Er raubt mir meine Geduld und den Schlaf. Ich werde vor der Prüfungskommission als Versager dastehen. Sie werden in mir einen Lehrer sehen, der nicht fähig ist, einem Schüler etwas beizubringen."

„Aber das liegt doch nicht in deiner Macht, du hast dein Bestes gegeben", meinte sein dicker, pickelgesichtiger Freund.

„Natürlich kann ich mich rechtfertigen, aber alleine dass sie mich mit diesem unfähigen Dummkopf in Verbindung bringen, kann meiner Laufbahn schaden", erwiderte Ash.

Seine Worte machten mich traurig. Tränen traten mir in die Augen. Ich wollte hinausstürmen und protestieren, aber er hatte Recht. Ich war ein Versager. Da halfen meine besten Vorsätze nichts.

Da hörte ich den Freund sagen: „Ich weiß von einem Magier, der ein ähnlich unbegabtes Kind einfach hat verschwinden lassen."

„Hat er es getötet?", entfuhr es Argus.

„Nein!", beteuerte der Freund. „Er hat es in ein Tier verwandelt. Tiere können nicht reden und somit auch keine Geheimnisse verraten. Das ist erlaubt, viele Magier verfahren so. Danach muss man nur noch den Namen des Jungen in allen Unterlagen löschen. Das kann ich für dich erledigen."

Ich benötigte einige Sekunden, um zu begreifen, worüber die beiden eben gesprochen hatten. Auch wenn Argus Ash mit mir nicht zufrieden war – würde er etwas so Ungeheuerliches wagen?

Tags darauf bat er mich zu sich. Er wirkte wie verwandelt, freundlich und nett. Da wurde mir klar, was er vorhatte. Er befahl mir, mich zu setzen. Ich versuchte erst gar nicht zu fliehen.

„Tun Sie es bitte nicht!", flehte ich leise, und meine Stimme zitterte dabei.

„Was denn?", fragte Ash und tat immer noch so, als hätte er keine bösen Absichten. Mit einem Lächeln richtete er seine Finger auf mich und begann etwas zu murmeln.

Ich saß nur da und hoffte, es würde schnell vorüber sein. Die Magie sickerte in mich wie Gift. Ich spürte einen starken Schmerz, als hätte Ash mein Herz zum Brennen gebracht. Alles krampfte sich in mir zusammen und löste sich gleichzeitig auf. Langsam zerschmolz mein Körper wie warmes Wachs, und ich verlor das Bewusstsein. Als ich wieder zu mir kam, sah ich Argus Ash tanzen, während ich voller Verzweiflung zu begreifen versuchte, was mit mir geschehen war. Ich war viel kleiner geworden. Ich hatte nun vier Pfoten, und mein Körper war mit Fell bedeckt. Ich war kein Mensch mehr, ich war zu einem Tier geworden.

Für Argus Ash gab es jetzt nur noch ein Problem. Er musste mich loswerden. Er trug mich zu seinem Auto. Vielleicht wollte er mich irgendwo aussetzen. Ich hatte jedoch Glück im Unglück. Bevor er losfahren konnte, kamen befreundete Magier vorbeispaziert, darunter Lord Buttermoor, und begannen mit ihm zu plaudern. Während Ash bemüht war, das Gespräch möglichst kurz zu halten, entdeckte mich Scarlet, die ihren Onkel hatte begleiten dürfen. Sie hatte mich kläglich schreien gehört und sah, wie ich immer wieder am seitlichen Autofenster hochsprang. Ohne zu zögern öffnete sie die Autotür und holte mich einfach heraus. Ich flüchtete mich in ihre Arme. Das war der Beginn unserer Freundschaft, an der sich bis heute nichts geändert hatte.

Ash war so dumm zu behaupten, dass er nicht wüsste, wie die Katze in sein Auto gekommen war. Als er begriff, dass Scarlet alles daran setzte, mich zu behalten, konnte er meine Rettung nicht mehr verhindern. Und jetzt hatte ich die Möglichkeit, mich bei ihr zu bedanken.

Feuchtkühle Luft trug den Geruch von Pilzen herbei. Ich rannte, ohne auf die Tiere um mich herum zu achten. Mäuse, die blitzschnell in Löchern verschwanden, Vögel, die aufflatterten und davonflogen. Ich erreichte den Waldrand und trat auf eine Wiese. Die untergehende Sonne stand wie ein feuriger Ball im Dunst eines Wolkenschleiers. Auf der anderen Seite der Wiese sah ich ein Häuschen. Es war von einem Garten umgeben, in dem viele Blumen blühten.

Alexandro

Ich war auf der Hut und wollte um dieses Häuschen einen großen Bogen machen, aber ich erschnupperte einen vertrauten Geruch, Katzenfutter. Mein Magen gab sogleich eigenartige Geräusche von sich. Ein kleiner Happen würde nicht schaden, ich hatte noch einen weiten Weg vor mir. Ich kundschaftete das Umfeld aus und schlich näher heran. Das kleine Haus war bewohnt, aber niemand schien zu Hause zu sein. Ich lief um das Haus herum. Vor der Tür entdeckte ich mehrer Gefäße voller Katzenfutter, doch weit und breit war keine Katze zu sehen.

Das Futter sah verlockend aus. Allerdings könnte es eine Falle sein. Vielleicht war es vergiftet, oder jemand war daran interessiert, Katzen zu fangen. Ich verwarf diesen Gedanken. Dennoch war ich in Alarmbereitschaft.

Das Futter roch frisch. Ich probierte einen Happen und verspürte gleich Lust auf mehr. Da ließ mich etwas innehalten. Ich hatte das Gefühl, nicht mehr alleine zu sein. Nur einen Meter von mir entfernt saß eine dicke getigerte Katze. Sie funkelte mich mit bernsteinfarbenen Augen an.

„Lass es dir ruhig schmecken!", sagte sie. Mir blieb der Mund offen stehen. Gleichzeitig begannen sich in meinem Kopf hunderttausend Rädchen zu drehen. Ich war noch nie von einem Tier angesprochen worden.

„Da staunst du, was?!", grinste die Katze. „Es gibt noch mehr von deiner Sorte."

„Woher", sagte ich heiser, „hast du gewusst, dass …?"

„Ich wusste gleich, dass du kein gewöhnliches Katzenvieh bist. Du riechst nämlich eher nach Mensch." Die Katze erhob sich und kam auf mich zu. Auch sie roch nach Mensch. „Ich bin Alexander der Dicke. Nenn mich ruhig Alexandro!"

Mir blieb die Spucke weg. Ich war auf einen Jungen gestoßen, der wie ich verzaubert worden war. Das war unfassbar! Meine Gedanken wirbelten nur so durcheinander.

„Friss ruhig weiter!", forderte Alexandro mich auf. „Wie heißt du eigentlich?"

„Robin" sagte ich und starrte den Kater wie eine Fata Morgana an.

Mein Magen gab erneut ein lautes, lang gezogenes Knurren von sich. Verlegen fischte ich mir ein Fleischstück aus dem Napf und schnappte danach. „Du magst nichts davon?", fragte ich mit vollem Mund.

„Diesen Fraß? Keine zehn Pferde würden mich dazu bringen!"

Sehr nett! Dieser Alexandro forderte mich auf, Katzenfutter zu fressen, und hielt sich selbst wohl für etwas Besseres.

„Was frisst du denn so? Pizza?", wollte ich wissen.

„Ich bevorzuge es, bei denen zu essen, denen wir unser Outfit verdanken. Wenn du verstehst, was ich meine", sagte er und grinste leicht belämmert.

Ich verschluckte mich und musste husten. „Du meinst, du isst bei Magiern?"

„Klar!", sagte er. „Aber ich lebe nicht bei ihnen, denn ich kann sie allesamt nicht ausstehen. Ich lebe hier, bevorzuge es aber, bei ihnen zu speisen."

„Kennst du vielleicht Serafina?", fragte ich.

„Ja, natürlich! Ich liebe sie", gestand der Kater. „Ihr Geschmack ist erlesen. Letztens gab es bei ihr Médaillons de lotte et langoustines aux pistils de safran." Alexandro verdrehte die Augen und fuhr sich mit der Zunge über den Mund.

Ich wusste nicht, was mich in größere Aufregung versetzte, dieser Katzenjunge oder die Möglichkeit, Serafinas Haus zu finden. „Wohnt sie weit von hier? Kannst du mich zu ihr bringen?", bat ich.

Alexandro ließ sich Zeit mit der Antwort und sagte: „Zum Fünfuhrtee von Lady Magnolia kämen wir ohnehin zu spät. Serafina gibt heute eine Gartenparty, mein Junge, du hast Glück!" Dann verzogen sich seine Augen zu schmalen Schlitzen. „Es ist ohnehin besser, wenn wir hier verschwinden", bemerkte er mit einem Blick zum Waldrand. Eine Gestalt kam einen schmalen, von hohen Gräsern gesäumten Weg entlang. Sie war umringt von einer Katzenschar.

„Keine Angst!", sagte Alexandro. „Diese Katzen sind echt, die tun dir nichts. Aber wenn dich die Alte erst einmal entdeckt hat, wirst du von ihr geknuddelt, entfloht, gebadet und womöglich auch kastriert. Dann bekommst du ein Halsband und wirst die Alte kaum noch los." Damit setzte sich Alexandro in Bewegung. Ich beeilte mich, ihm zu folgen. Erst jetzt bemerkte ich das

Lederband um seinen Hals. Ob er schon kastriert wurde?

Alexandro verschwand im hohen Gras. Ich blieb dicht hinter ihm.

„Was hat denn die alte Frau auf dem Rücken? Sind das Flügel?", fragte ich verblüfft.

„Ja, die Alte hält sich für einen Engel. Die Flügel sind von einer Gans. Ziemlich durchgeknallt, nicht wahr?" Die alte Frau sah wirklich verrückt aus. Sie trug auch einen alten Lederhelm und eine Fliegerbrille. „Du müsstest sie einmal aus der Nähe sehen", bemerkte Alexandro zu mir gewandt. Er kam bereits außer Atem. Gleichzeitig zu reden und zu laufen bekam ihm nicht. Doch das hielt ihn nicht davon ab weiterzuquasseln.

„Wenn du einmal keine Bleibe hast, bist du bei ihr gut aufgehoben. Ich nenne sie Katzenlady." Alexandro musste eine Verschnaufpause einlegen und fragte: „Übrigens: Hast du von dieser Katze gehört, die so verrückt war, in die Bibliothek eines Magiers einzubrechen? Sie wollte mit einem Buch im Maul abhauen. Angeblich wurde sie durch eine Explosion in tausend Stücke gerissen. Die war sicher eine von uns."

Vor Schreck wäre ich beinahe umgefallen. Alexandro musterte mich eindringlich. Ahnte er, dass ich etwas damit zu tun hatte? Er wirkte harmlos, beinahe etwas dämlich, schien aber über alles bestens informiert zu sein. Und er genoss es sichtlich, mich aus der Fassung zu bringen. Ich schwieg eisern.

„Wir werden vor Anbruch der Dunkelheit da sein", versicherte Alexandro und setzte sich wieder in Bewegung. Bei dem Tempo, das dieser dicke Kater vorlegte, war ich mir nicht so sicher.

Ich hätte ihn gerne ausgefragt. Welcher Magier war sein Lehrer gewesen? Waren auch seine mangelhaften magischen Fähigkeiten Schuld daran, dass er verwandelt worden war? Aber ich zögerte. Alexandro müsste vielleicht zugeben, dass seine magischen Fähigkeiten bescheiden waren. Ich selbst war froh, dass ich mit niemandem darüber reden musste.

Schließlich erreichten wir eine Anhöhe und konnten auf die Stadt hinuntersehen. Ein zarter, leicht rosa leuchtender Wolkenstreifen trotzte der einbrechenden Nacht. Die Lichter in den Häusern waren bereits angegangen.

Wir liefen nicht zur Stadt hinunter, sondern folgten der Straße, die in einen Wald führte. Vereinzelte Fahrzeuge kamen näher und brausten an uns vorbei. Während ich es vorzog, stets in Deckung zu gehen, blieb Alexandro jedes Mal stehen und sah den Autos nach. Dann trabte er weiter.

Feuchtigkeit stieg aus der Erde, die Luft wurde angenehm kühl.

Während wir so dahinliefen, kehrten meine Gedanken immer wieder zu Scarlet zurück. Hoffentlich verließ sie Buttermoor nicht, ohne meine Rückkehr abzuwarten.

Wir liefen eine Weile durch den Wald, und als wir ihn verließen, war es schon ganz dunkel geworden, am Himmel leuchtete der Abendstern.

Alexandro hielt an und sagte: „Schau, diese Straße führt zu Serafinas Haus." Die Erleichterung darüber, dem Ziel so nahe gekommen zu sein, war uns beiden anzusehen.

Auf Bücherjagd

Als wir bei Serafinas Haus anlangten, begann es in mir vor Aufregung zu kribbeln. Von Stromsparen hielt Serafina anscheinend nicht viel. Beinahe alle Fenster ihres zweistöckigen großen Hauses waren hell erleuchtet. Laternen erhellten den Parkplatz, auf dem noble Wagen parkten. Bedienstete halfen ankommenden Gästen beim Aussteigen und führten sie zum Haus. Bunte Lampions sorgten auf einer riesigen Terrasse für Partystimmung. Hier standen Gäste und tranken Champagner. Die Damen in langen Abendkleidern, die Männer im Smoking. Auf mehreren Tischen türmten sich Leckereien. Es wurde angeregt geplaudert. Der Klang der Stimmen vermischte sich mit leiser Klaviermusik.

Alexandro war in Hochstimmung. „Pochierte Eier, Lammfilets in Basilikumbutter, Mousse au Chocolat und geeiste Melone in Wildbeerensauce!", verkündete er vergnügt.

Während in mir die Aufregung unerträglich wurde und ich etwas Unheimliches wahrnahm, dachte er nur ans Essen. „Ist dir schon aufgefallen, wie die Gräser zittern?", fragte ich Alexandro. Auch die Blätter der Bäume bewegten sich, obwohl kein Wind zu spüren war.

„Das ist die Energie der Magier", antwortete der Kater. Für ihn war das völlig normal. Die hier versammelten Gäste sahen ganz harmlos aus, und dennoch jagten sie mir einen Schauer nach dem anderen über den Rücken.

„Ich muss auf der Hut sein!", dachte ich. Das ganze Haus war voller Magierinnen und Magier. Mein Vorteil war, dass sicher niemand damit rechnete, dass jemand verrückt genug war, hier heute etwas stehlen zu wollen.

Da entdeckte ich Serafina, die gerade auf die Terrasse kam. Ihr Kleid war schneeweiß, ihre Lippen kirschrot bemalt. Das konnte ich sogar aus zehn Metern Entfernung erkennen. Sie begrüßte überschwänglich ein älteres Magierehepaar, das sich ihr zugewandt hatte. Danach verteilte sie gekünstelt lächelnd nach allen Seiten Küsschen.

Das war meine Chance! Solange sie hier beschäftigt war, konnte ich versuchen, unbemerkt ins Haus zu gelangen. „Wie kommen wir am besten ins Haus hinein?", flüsterte ich Alexandro zu.

„Nur Geduld!", mahnte er.

„Ich habe es aber eilig", sagte ich.

Er schüttelte den Kopf und deutete mir, ihm zu folgen. Wir liefen in einem weiten Bogen um die Terrasse herum und erreichten die Hintertür des Hauses. Der Schein einer nackten Glühbirne beleuchtete einige Abfalleimer, aus denen es furchtbar stank. Die Fenster an dieser Hausseite waren kleiner. Dunkelgrüner Efeu rankte sich vom Boden bis zum Dach – ideal, um an der Wand hochzuklettern.

„Du hast doch nicht die Absicht, hier hinaufzuklettern?", fragte Alexandro und hielt mich mit der Pfote zurück. „Hab Geduld! Die Köstlichkeiten kommen bald direkt zu uns heraus", versicherte er und grinste wie ein Honigkuchenpferd.

Langsam begriff ich. „Du ernährst dich von Abfällen?"

„Abfällen?", wiederholte Alexandro und schnaubte. „Du hast keine Ahnung, was die übrig lassen. Das Meiste haben sie nicht einmal berührt. Glaube mir, das ist alles erste Sahne! Wir werden wie die Könige speisen."

„Ich bin aber nicht hier, um etwas zu essen. Ich ..."
Vielleicht sollte ich besser nichts über mein Vorhaben
verraten. Doch an der Art und Weise, wie mich Alexandro anstarrte, vermutete ich, dass er es ohnehin wusste.

Da wurde die Tür aufgestoßen. Ein Koch trat ins
Freie und steckte sich eine Zigarette an. Die Tür war
einen Spalt breit offen geblieben. Das war für mich das
Startzeichen.

„Mahlzeit! Und danke für deine Hilfe", rief ich Alexandro zu. Dann flitzte ich auch schon durch den Tür-
spalt direkt in die Küche, besser gesagt in die Hölle:
Heiße, dampfende Luft empfing mich. Es zischte und
brodelte, Stimmen riefen wild durcheinander. An allen
Ecken und Enden wurde gearbeitet.

Ich sauste weiter, musste jedoch feststellen, dass die
Küche einem Labyrinth glich. Wohin ich auch rannte,
ständig landete ich in einer Sackgasse. Zudem war der
Boden glitschig und nass, und überall standen mir die
Füße der Köche im Weg. Das Unvermeidliche passierte.
Ich geriet zwischen zwei Beine. Der arme Koch strau-
chelte, und eine Ladung Vorspeisen landete auf dem
Boden. Gekochte Eier rollten neben gebratenen Krebs-

schwänzchen über die Fliesen, Scherben spritzten in alle Richtungen.

Sofort war ich von drei Köchen umringt, die mit Kochlöffeln und Messern bewaffnet waren. Scherbensplitter knirschten unter ihren Schuhen. Einer hielt einen Besen in der Hand.

Das sah nicht gut aus für mich. Ich hätte versuchen können, auf den Herd zu springen. Aber womöglich wäre ich in einem Kochtopf gelandet. Ich sprang daher über Scherben und nasse Salathäufchen und raste zwischen den Beinen der Männer davon. Glücklicherweise entdeckte ich eine Schwingtür, durch die eben ein Kellner gekommen war. Ein Wunder! Ich mobilisierte all meine Kräfte und sprintete los. Die Tür schwang zu. Ich erwischte genau den Zeitpunkt, als sie noch einmal aufschwang, und sauste hinaus. Perfektes Timing.

Außerhalb der Küche war es angenehm kühl. Schwere Teppiche schluckten beinahe jedes Geräusch. Die Stille war fast unheimlich. Und ich spürte einen Hauch von Angst. Jetzt hieß es, wachsam zu sein. Ich lief weiter und tat so, als würde ich zum Haus gehören. Zügig durchquerte ich die Eingangshalle. Fieberhaft überlegte ich, wo sich Bellas Zimmer befinden könnte. Vielleicht gab es auch eine Bibliothek. Ich entschied mich für den ersten Stock und lief die pompöse Marmortreppe hoch.

Da tauchte eine Magierin auf. Sie blieb stehen und sah zu mir herab. „Ein Kätzchen!", rief sie entzückt und beugte sich zu mir, um mich zu streicheln. Ich reagierte panisch und fauchte so, dass sie ihre Hand augenblicklich zurückzog. Rasch flitzte ich an ihr vorbei. Oben angelangt musste ich mich für eine Richtung entscheiden und wählte den linken Gang. Er lag verlassen da. Der Steinboden war mit warmen Teppichen ausgelegt. Ich erschrak, als plötzlich ein Schatten neben mir herhuschte und beruhigte mich, als ich erkannte, dass es mein eigener war. Eine offene Tür versetzte mich in Aufregung. Der Raum dahinter wartete dunkel. Lautlos glitt ich hinein. Unter einem schmalen Fenster stand eine altmodische Badewanne auf vier Beinen. Es roch nach feuchten Handtüchern und Parfum. Hier würde ich keine Bücher finden, das war mir klar. Das Badezimmer wurde von weiblichen Personen benutzt, es duftete herrlich. Vielleicht waren die Zimmer von

Bella und ihrer Mutter ganz in der Nähe. Die nächste Tür war nur angelehnt. Vorsichtig zog ich sie mit der Pfote auf. Da stürzte etwas aus der Dunkelheit auf mich zu. Oh, nein! Ich wich so hastig zurück, dass ich mich überschlug und ein lautes Miau ausstieß. Hastig rappelte ich mich auf, um dem Angereifer ins Auge zu sehen. Doch da lag nur ganz unschuldig ein Besen am Boden. Mein Herz raste. Hoffentlich hatte mich niemand gehört. Ich brauchte ein paar Sekunden, um mich zu beruhigen.

Als ich weiterlief, gingen die Gangleuchten aus. Kein Problem, ich fand mich auch im Dunkeln gut zurecht. Ich gelangte zu einer Tür, die einen Spalt breit offen stand. Bläuliches Licht fiel auf den Gang hinaus. Vorsichtig schlich ich näher. Mein Herz klopfte so heftig, dass es sicher schon von Weitem zu hören war. Aber ich war neugierig und quetschte mich ins Zimmer. Was ich dann erblickte, ließ mich auf der Stelle innehalten. Ich wagte kaum zu atmen. Die Lichtquelle war ein Laptop, um den einige Männer standen. Ihre Blicke waren auf den Bildschirm gerichtet. Ihre Augen funkelten in allen Farben. Keiner von ihnen sprach ein Wort. Ab und zu stöhnten sie beinahe gleichzeitig auf. Vielleicht verfolgten sie gerade ein Fußballspiel. Langsam schob ich mich im Rückwärtsgang hinaus.

Argus Ash

Kaum war ich wieder im Korridor, ging das Licht an, und ich hörte eine mir vertraute Stimme. Jetzt war alles aus: Serafina und ein Gast steuerten auf den Raum mit dem Laptop zu. Noch hatten sie mich nicht gesehen. Schnell duckte ich mich in eine Nische, bevor Serafina und ihr Begleiter in dem Zimmer mit den Magiern verschwanden. Das war knapp gewesen!

Von der Vernunft her wusste ich, dass ich mich nun schleunigst aus dem Staub machen sollte. Aber ich wollte noch nicht aufgeben. Nur noch ein Zimmer, dachte ich und sprang auf die Schnalle der nächsten Tür. Doch die Tür war verschlossen. Nervös versuchte ich es bei der nächsten. Diese Tür gab nach, und ich schlüpfte in den unbeleuchteten Raum.

Meine Augen gewöhnten sich rasch an die Dunkelheit. An der Wand stand ein Bett, darüber klebten jede Menge Poster. Eine Tür neben dem Bett führte in den nächsten Raum. Jemand musste den Schrank auf der anderen Seite durchstöbert haben. Kleidungsstücke lagen davor. In einer Ecke sah ich einen Fernseher und eine gemütliche Couch. In der Mitte des Zimmers stand ein riesiger Spiegel, vom Licht des Mondes gespenstisch erhellt. Sein Anblick ließ mein Herz schneller schlagen. Auf dem Schreibtisch direkt unter dem Fenster entdeckte ich Bücher. Vor Begeisterung hätte ich am liebsten gejubelt: Ich war in Bellas Zimmer! Aufs Äußerste gespannt näherte ich mich dem Schreibtisch. Ich wünschte mir nichts sehnlicher, als meine Mission schnell und erfolgreich zu beenden und gleich nach Hause zurückzukehren.

Da nahm ich einen Luftzug wahr. Erschrocken sah ich zur Tür, doch da war niemand.

„Schau einer an", hörte ich plötzlich jemanden sagen und erstarrte, als sich vor mir eine hochgewachsene Gestalt aufbaute. „So sieht man sich wieder", sagte Argus Ash leise. Ich zitterte am ganzen Körper. Ash warf den Kopf in den Nacken und atmete langsam durch die Nase ein. Das Aussehen des Magiers hatte sich kaum verändert. Sein Haar war nach vorne gebürstet und ragte über die Stirn wie ein Horn. Hinter einer dunkel gerahmten Brille funkelten seine Augen.

„Ich hätte nicht gedacht, dass ich mich über deinen Anblick einmal freuen würde." Sein Mund verzog sich zu einem gemeinen Lächeln. Wie gerne hätte ich ihm das Gesicht zerkratzt. Doch darauf schien er nur zu warten. Bei der kleinsten Regung würde er mich mit seiner Magie vernichten, das wusste ich.

„Du hast es ja weit gebracht, schleichst dich in fremde Häuser", lästerte Ash. „Ich war eben auf der Suche nach meinem Bellaschätzchen, und dann entdecke ich dich hier. Das kann doch kein Zufall sein, da doch ausgerechnet heute diese schlimme Sache passiert ist."

Ich versuchte, nicht auf ihn zu hören. Fieberhaft überlegte ich meine Fluchtchancen. Ash stand näher bei der Tür, also würde es mir nicht gelingen, sie schnell genug zu erreichen. Das Fenster war geschlossen. Argus Ash genoss seine Überlegenheit.

„Die gute Serafina hat mir von der Buttermoor-Schülerin erzählt. Von der Kleinen, die sich so reizend um dich kümmert. Angeblich hat sie es geschafft, Bella an die Zimmerdecke zu zaubern. Das ist beachtlich", bemerkte der Magier, „denn ich weiß, wozu Bella in der Lage ist. Aber was rede ich da, du warst ja sicher dabei.

Schauen wir einmal, was du so alles weißt." Ash sah mir tief in die Augen.

In meinen Pfoten breitete sich ein seltsames Gefühl aus, als würde ich in warmem Wasser versinken. Meine Beine wurden schwer wie Blei. Ich konnte sie nicht mehr bewegen. Mein restlicher Körper hingegen fühlte sich ganz leicht an. Wäre ich doch nie hierhergekommen!

Ash stieß die Tür zum Gang zu und lehnte sich mit dem Rücken dagegen. Er richtete die Finger auf mich, die sich wie kleine Schlangen langsam bewegten. Dann begann er etwas zu sprechen, leise und für mich ohne Sinn. Nun gab es keine Rettung mehr.

Ein brennender Schmerz durchfuhr meinen Kopf, ich konnte keinen klaren Gedanken mehr fassen. Ich spürte nur noch Verzweiflung. Alles fing an zu zerfließen. Das Zimmer löste sich auf. Um mich herum wurde es schwarz.

Aus der Tiefe der Dunkelheit stieg ein mattes Leuchten, es kam näher, und auf einmal wurde es vor meinen Augen gleißend hell. Ich fand mich in einem vertrauten Raum wieder. Ein Mann saß in einer Küche an einem

Tisch. Ich erkannte den Mann, es war mein Vater. Er trank aus einer Flasche, wie er es seit dem Tag, an dem er seinen Job verloren hatte, immer tat. Seine Kleidung war zerschlissen, und er stank schon von Weitem nach Schweiß und Alkohol. Aus dem Nebenraum hörte ich die Stimme meiner Mutter, sie sah fern und lachte rau. Helle Kinderstimmen riefen nach mir.

Das Bild löste sich auf, und ich sah, wie ich über einen staubigen Platz lief und einen Ball vor mich her kickte. „Zu mir!", schrie der dicke Jo, der so gerne Kopfnüsse verteilte, und übernahm geschickt den Ball. Das war seine Spezialität. Niemand konnte das so gut wie er. Dabei lächelte er, seine schwarzen Augen funkelten. Das Bild zerfiel, weitere Bilder zogen vorbei, so schnell, dass ich nichts erkennen konnte.

Dann sah ich mich durch den Wald laufen, wie ich es immer tat, wenn ich mich von zu Hause davonstahl. Gleich hinter dem Haus roch es an heißen Tagen nach dem Harz der Nadelbäume, in denen Zikaden zirpten. Im Wurzelgeflecht eines umgestürzten Baumes hatte ich eine Höhle. Dort war ich am glücklichsten. Ich spürte dieses Glück, und in diesem Moment wurde mir plötzlich bewusst, was eben geschah. Ich konnte wieder denken.

Der Magier war in meine Erinnerungen eingetaucht. Er ließ sie in meinem Kopf wie einen Film ablaufen. Mir wurde übel. Ash konnte sehen, was ich sah. Diese Erkenntnis traf mich wie ein Schlag. Er breitete mein Leben vor sich aus. Schon tauchten in mir weitere Erinnerungen auf. Unbarmherzig drängten sie an die Oberfläche, wischten meine Gedanken beiseite.

Ich sah, wie ich nachts in einer johlenden Menge Karten spielte und ahnungslosen Urlaubern mit einfachen magischen Tricks Geld aus der Tasche zog. Dazu reichten meine magischen Fähigkeiten. Ich konnte sehen, wie meine Freunde später über mich herfielen, mich auf den Boden drückten. Ich schmeckte sogar den Straßenstaub in meinem Mund. Sie nahmen mir das Geld ab. Bitter brannte in mir die Wut.

Konnte Argus Ash auch fühlen, was ich gerade fühlte?

Dann sah ich wieder meinen Vater. Er trug seinen besten Anzug und hielt mich an der Hand. Er pries mich an wie ein Stück Ware, das zum Verkauf bestimmt war.

Unter den Magiern, vor denen wir standen, war auch Ash. Wieder flimmernde Bilder.

Plötzlich sah ich Scarlet. Ich war entsetzt, weil ich wusste, dass auch Argus Ash sie sehen konnte. Nein, schrie alles in mir. Ich musste das verhindern, ich musste versuchen, an etwas anderes zu denken, ich durfte ihr Geheimnis auf keinen Fall verraten. Doch ich konnte mich der Bilderflut nicht entziehen. Ich sah Scarlet, wie sie mich bat, den Raum zu verlassen, um wirklich gefährliche Magie zu üben. Und ich wusste, dass Argus Ash sie auch sah und nun wusste, welche Fähigkeiten sie hatte. Und damit hatte ich alle Geheimnisse preisgegeben.

Irgendwann hatte Argus Ash genug gesehen und ließ von mir ab. Ich konnte mich zwar wieder bewegen, aber ich blieb liegen. Ich fühlte mich beschämt und wie ausgehöhlt. Nicht einmal der Gedanke an Scarlet gab mir Trost. Ich war zum Verräter geworden. Etwas Schlimmeres konnte ich mir nicht vorstellen. Doch da sollte ich mich irren.

Argus Ash packte mich am Nacken und hob mich auf. Ich war so entmutigt, dass ich nicht einmal versuchte, mich zu befreien. Er steckte mich in einen Müllsack und verließ mit mir schnellen Schrittes das Zimmer. Meine Lebensgeister erwachten: Den Müllsack würde ich zerfetzen können. Doch im nächsten Augenblick traf mich erneut ein Zauber, und ich war wieder bewegungsunfähig. Ash eilte die Treppe hinunter. Mit meinen empfindsamen Ohren konnte ich hören, wie er den Gruß eines älteren Mannes erwiderte. In einiger Entfernung eilte eine Frau mit hohen Absätzen einen Korridor entlang. Ash öffnete die Tür und trat ins Freie. Kies knirschte unter seinen Schuhen. Ich wurde hin und her geschüttelt und spürte die kalte Luft durch den Sack hindurchdringen. Tanzte Ash womöglich selbstgefällig über den Kies?

Ich hörte, wie der Kofferraum eines Fahrzeuges geöffnet wurde. Unsanft landete ich im Wagen. Mit einem lauten Knall fiel der Deckel zu. Dann heulte der Motor auf. Sicher wollte mich der Magier endgültig loswerden. Ich würde Scarlet nie wiedersehen.

Die Rückkehr

Während wir dahinfuhren, bemerkte ich, dass der Zauber etwas nachließ und ich in der Lage war, meine Krallen auszufahren. Ich bohrte sie durch den Kunststoff. Als der Wagen um eine Kurve raste und ich von einer Seite des Kofferraums zur anderen geschleudert wurde, gelang es mir, den Sack etwas aufzureißen. Mit Freude stellte ich fest, dass ich jetzt auch meinen Kopf ein bisschen bewegen konnte. Ich wollte die Öffnung im Sack erweitern, kullerte jedoch bei jeder Kurve von einer Seite auf die andere. Der Wagen fuhr nun etwas langsamer, kurze Zeit später hielt er an. Die Wagentür wurde geöffnet und zugeschlagen. Dann sprang der Kofferraumdeckel auf. Wir waren am Ziel.

Ash packte den Sack und nahm ihn heraus. Ich atmete tief ein. Wie viele Atemzüge würden es noch sein, die mir vergönnt waren? Mein Leben war trotz allem ein erfülltes gewesen, dank Scarlet.

Da hörte ich ein Klingeln. Dieses Geräusch kannte ich. Es war derselbe Klingelton, der durch Buttermoors

Haus hallte, wenn jemand die Klingel drückte. Ich konnte Buttermoors Stimme hören. Das war ja unglaublich!

„Lord Ash, es ist mitten in der Nacht!", polterte Buttermoor.

„Danke, das weiß ich selbst!"

Argus Ash war zu Buttermoors Haus gefahren. Meine aufkeimende Begeisterung wurde jedoch sofort gedämpft. Was hatte er vor?

Buttermoor schnaubte empört, als sich Ash an ihm vorbei ins Haus schob. „Was um alles in der Welt wollen Sie hier?", rief er.

„Ich will mit Ihrer Schülerin sprechen", antwortete Argus Ash knapp.

„Sie schläft", versicherte Buttermoor.

„Das habe ich erwartet, zeigen Sie mir trotzdem ihr Zimmer! Es ist wichtig, ich würde sonst nicht Ihre Nachtruhe stören", erwiderte Ash.

„Was in aller Welt soll so wichtig sein, dass Sie mitten in der Nacht aufkreuzen, um Scarlet zu sehen? Hat das etwas mit dem Vorfall von heute Nachmittag zu tun? Darf ich erfahren, worum es geht?"

„Scarlet kann uns vielleicht eine große Hilfe sein", sagte Ash.

„Ich wüsste nicht, wobei Scarlet eine Hilfe sein könnte", brummte Buttermoor.

„Soviel ich weiß, verfügt sie über außergewöhnliche magische Fähigkeiten", erklärte Ash.

„Aber das ist doch ein Unsinn!", fauchte Buttermoor gereizt.

„Davon überzeuge ich mich lieber selbst. Zeigen Sie mir jetzt den Weg!", sagte Ash.

Vor der Tür zu Scarlets Zimmer blieben beide stehen. Ash bat Buttermoor, draußen zu warten. Seine Stimme klang so bestimmt, dass Buttermoor zwar protestierte, aber letztendlich gehorchte. Argus Ash betrat Scarlets Zimmer.

Durch den Riss konnte ich das Bett sehen, aber nicht Scarlet. War sie schon fort? Mir schien, als würde die Zeit für einen Augenblick stillstehen. Dann entdeckte ich ihren Koffer, der reisefertig am anderen Ende des Bettes lag. Dahinter stand Scarlet.

Ihr Anblick versetzte mir einen Schlag. Sie sah so klein, so verletzlich aus. Sie starrte Ash mit großen Augen an. Stille erfüllte den Raum. Draußen vor der Tür machte Buttermoor noch immer seinem Ärger Luft, anstatt hereinzukommen und Argus Ash hinauszuwerfen.

„Entschuldige die nächtliche Störung", sagte Ash. Er bemühte sich, nett und sympathisch zu klingen. „Der Grund meines Erscheinens ist so wichtig, dass ich keine Sekunde zögern konnte. Ich mache es kurz: Wir brauchen deine Hilfe."

Darauf war ich nun wirklich nicht gefasst.

„Ich habe von deinen außergewöhnlichen Fähigkeiten erfahren", fuhr Ash fort.

Scarlet stand immer noch wie erstarrt da. Buttermoor wollte die Tür öffnen, doch Argus Ash drückte sie mit einer energischen Bewegung zu.

Ich spürte, dass der Zauber, mit dem mich Ash belegt hatte, schon fast nachgelassen hatte.

„Es tut mir leid", hörte ich Scarlet sagen, und ihre Stimme bebte vor Aufregung. „Ich muss jetzt fort, und Sie können mich nicht aufhalten."

„Und es gibt nichts", sagte er in einem äußerst freundlichen Tonfall, „was dich umstimmen könnte? Lass mich wenigstens erklären, worum es geht."

„Entschuldigen Sie, aber ersparen Sie sich die Mühe!", sagte Scarlet.

Da öffnete Ash wie ein Jahrmarktzauberer den Müllbeutel und zog mich heraus. Seine Finger gruben sich mir ins Fell.

„Du hast kein Interesse daran, mir zu helfen, aber vielleicht hast du Erbarmen mit diesem Tier, und ich kann dich umstimmen, mir doch zuzuhören." Ash hob mich hoch und schüttelte mich, dass ich hilflos vor seinem Gesicht baumelte. Mit Genugtuung nahm er Scarlets Reaktion wahr. Sie war überrascht und sichtlich betroffen. Nein, das durfte er nicht tun! Scarlets Blick traf auf meinen und bohrte sich mir ins Herz.

„Lauf!", hätte ich ihr gerne zugerufen. „Wegen mir brauchst du dir keine Gedanken zu machen." Aber ich brachte nur ein klägliches Miauen zustande.

Ash reckte sein Kinn in die Höhe und sagte: „Vielleicht willst du mir ja doch helfen, und sei es nur, um dein Kätzchen zu retten. Ich möchte, dass du unverzüglich mit mir kommst."

Plötzlich erfasste mich eine Kraft. Ich wurde durch die Luft gewirbelt, landete am anderen Ende des Zimmers und kroch schnell unter das Bett. Dass Scarlet gewagt hatte, Magie gegen Ash anzuwenden, war ungeheuerlich.

Ash war nun fuchsteufelswild. Er hob die Hände und richtete die Finger auf Scarlet. „Ich werde dich also nicht mehr bitten, mit mir zu kommen", sagte er. Alle Freundlichkeit war aus seiner Stimme gewichen. „Ich kann dich dazu zwingen, glaube mir!"

Jetzt war für Scarlet der allerletzte Augenblick gekommen zu verschwinden. Doch sie rührte sich nicht, ich konnte nur sehen wie sich ihr Mund öffnete und ihre Lippen leicht zuckten.

Argus Ash murmelte eine Formel. Grelles Licht flammte auf und umhüllte den Magier. Scarlet straffte ihren Körper. Ein Blitz schoss auf Scarlet zu, und es gab einen Knall. Danach war es still.

Vorsichtig wagte ich einen Blick unter dem Bett hervor. Ich konnte Scarlet sehen, wie sie die Finger gegen den Magier richtete. Was hatte sie vor? Im nächsten Augenblick wurde Ash von einem Blitz getroffen, der ihn gegen den Schrank schleuderte. Die Schranktür hielt dem Aufprall nicht stand und zerbarst. Der darauffolgende Knall war ohrenbetäubend. Vor Schreck ging ich in Deckung. Die Tür zu Scarlets Zimmer wurde aufgerissen und Buttermoor stürmte herein. Er starrte auf Ash, der aus einem Haufen Wäschestücke kroch. Scarlet stand regungslos da. Sie schien nichts abbekommen zu haben. Etwas Unheimliches umgab sie. Argus Ash war bereits aufgestanden. Er warf Buttermoor ein Unterleibchen, das über seiner linken Schulter hing, ins Gesicht. Seine Brille hatte Ash verloren. Seine Augen verengten sich zu glühenden Schlitzen. Scarlet rührte sich nicht. Mein Herz schlug so heftig, dass ich fürchtete, es könnte jeden Augenblick zerspringen. Den nächsten Angriff würde sie vielleicht nicht überstehen.

Argus Ash schickte einen neuen Zauber los, auf den Scarlet sofort reagierte. Ash landete erneut im Schrank. Buttermoor starrte fassungslos auf seine Schülerin, während Argus Ash sich zum zweiten Mal aufrappelte und sich lästiger Kleidungsstücke entledigte. Buttermoor versuchte, etwas zu sagen, doch Ash war so wütend, dass er ihn einfach zur Seite schob und Scarlet mit einem Zauber bedachte, der mit einem grässlichen sirenenartigen Geräusch auf das Mädchen zuraste.

Im nächsten Augenblick kehrte die Sirene zurück. Mit einem Knall wurde Argus Ash in helles Licht getaucht, und sein Haar stand wie elektrisiert nach allen Seiten ab. Sein ganzer Körper zuckte. Ash konnte nicht fassen, dass ein Kind in der Lage war, ihn so fertigzumachen. Jetzt würde er dem Mädchen eine Lektion erteilen, die es nie vergessen würde. Er murmelte magische Worte. Doch nur Sekunden später wurde er wieder von seinem eigenen Zauber getroffen und wälzte sich stöhnend am Boden.

„Robin, komm!", sagte Scarlet. „Es ist Zeit zu gehen." Sie bückte sich, um mich hochzuheben.

„Bleib, wo du bist!", rief Buttermoor. „Wer auch immer dir diesen Unfug beigebracht hat. Das wirst du verantworten müssen."

„Es tut mir leid, Onkel", erwiderte Scarlet leise. „Aber ich will nicht länger hier bleiben. Ich habe mich entschlossen wegzugehen. Es ist besser, wenn du nicht versuchst, mich aufzuhalten." Sie trug mich in der einen Hand und den Koffer in der anderen. Ohne einen Blick auf Argus Ash zu werfen, ging sie auf die Tür zu, neben der ihr Onkel stand.

Buttermoor starrte sie ungläubig an. „Wovon redest du? Bist du nicht mehr bei Sinnen?" Er wollte sie zurückhalten, doch er zögerte.

„Ich wollte nie eine Magierin sein und schon gar nicht unter Magiern leben", beteuerte Scarlet. „Ich habe eine neue Familie, und bei der werde ich wohnen. Dort wird es mir sicher gut gehen."

„Aber ..." Buttermoor starrte Scarlet verwirrt an.

Mit einem Blick auf Argus Ash, der noch immer am Boden lag und dessen Augenlider wild auf- und zuklappten, griff Scarlet nach der Türschnalle.

„Scarlet, du weißt, dass ich dir das unmöglich erlauben kann", sagte Buttermoor.

„Wie willst du mich aufhalten?", fragte Scarlet kalt und öffnete die Tür. Dann trat sie aus dem Zimmer und ging zügig den Gang entlang.

Scarlet hielt mich so, dass ich ihr über die Schulter schauen konnte. So sah ich, dass Buttermoor eine Hand hob und die Finger auf uns richtete. Er würde Scarlet doch nicht hinterrücks angreifen?! Schon sah ich grelles Licht aufblitzen. Ich befreite mich aus Scarlets Griff und warf mich dem Zauber entgegen, der mich mit voller Wucht zu Boden schmetterte. Scarlet schrie erschrocken auf und fuhr herum. Ich lag am Boden und streckte alles von mir. Scarlet sah ihren Onkel angewidert an, der wie versteinert dastand. Dann hob sie mich auf und rannte, so schnell sie konnte, die Treppe hinunter.

Ich fühlte mich wie ein lebendiges Brett und war dennoch glücklich. Ich hatte Scarlet vor dem Zauber ihres Onkels gerettet! Vielleicht würde das meinen Verrat etwas mildern.

Die Flucht

Scarlet stürzte aus dem Haus und rannte, ohne sich noch einmal umzudrehen, Richtung Wald. Dort angelangt kämpfte sie sich mit mir und dem Koffer durch dickes Unterholz. Sie keuchte. Äste knackten unter ihren Schritten. Nach ein paar Minuten flammte vor uns ein kleines Licht auf, das Scarlet mit Magie entzündet hatte. Eine leuchtende Kugel, nicht größer als ein Tischtennisball, schwebte nun vor uns her. Ihr Licht erhellte die Bäume um uns herum. Sie sahen wie Gespenster aus, die ihre knorrigen Hände nach uns ausstreckten.

Scarlets Gesicht war voller Entschlossenheit. Die Augen waren starr nach vorne gerichtet, die Lippen fest aufeinandergepresst. Plötzlich blieb Scarlet stehen und sah sich um. Ihre Wangen waren von der Anstrengung leicht gerötet. Sie stellte ihren Koffer ab und legte mich behutsam ins feuchte Laub.

„Es tut mir leid, dass alles so gekommen ist", sagte sie außer Atem und beugte sich zu mir. Ihre Hand strich zart über mein Fell.

Ein Knacken zerriss die Stille. Sie sah auf, lauschte. Die Lichtkugel erlosch. Wir verharrten im Dunkeln. Von weither drang der Ruf eines Käuzchens durch den Wald. Dann war es wieder still. Die kleine Lichtkugel erschien wieder. Nun erhob sich Scarlet, schloss die Augen und richtete ihre Finger auf mich. Dabei bewegten sich ihre Lippen.

Eine wohlige Wärme breitete sich in mir aus. Ich spürte, dass Magie auch Gutes bewirken konnte. Ein wunderbares Kribbeln wanderte durch meinen Körper. Ich fühlte mich plötzlich ganz leicht. Vorsichtig richtete ich mich auf und stand noch ein bisschen wackelig auf den Beinen.

Scarlet lächelte. „Das habe ich alles aus den Büchern gelernt, die du mir gebracht hast", sagte sie. Sie war erleichtert, dass ihr der Zauber gelungen war, und atmete einmal tief ein und aus. „Das hätten wir geschafft", verkündete sie stolz. Bevor sie nach dem Koffer griff, zog sie das Handy aus der Tasche. Sie entfernte sich einige Schritte und hielt das Handy ans Ohr. Dann klappte sie es wieder zu. Tim hatte wohl nicht abgehoben.

Sie kam zu mir zurück, nahm den Koffer, und wir

machten uns auf den Weg. Wieder selber laufen zu können war herrlich. Wir waren keine zehn Schritte gerannt, als das Handy vibrierte. Scarlet holte es im Gehen aus der Hosentasche.

„Was?", konnte ich sie rufen hören. „Du hast schon geschlafen? ... Tut mir leid, ehrlich, aber ich musste dich anrufen ... Ich muss schon heute zu dir kommen, ich bin in circa einer Stunde bei dir ... Nein, ich mache keine Scherze." Sie lachte. „Ich werde dir dann alles erzählen. Ich melde mich, wenn wir in der Stadt sind." Sie strahlte übers ganze Gesicht.

Ich beneidete Tim. Die Nähe, welche die beiden verband, würde sie zu mir wohl nie haben. Mit mir konnte sie nicht reden. Ich hoffte, dass Tim Scarlet wirklich helfen konnte und sich für sie alles zum Guten wenden würde. Doch tief in mir spürte ich, dass wir den Magiern nie entkommen würden.

Ein leichter Wind rauschte in den Ästen der Bäume. Es wunderte mich, dass sich Scarlet nur mit der kleinen Lichtkugel so gut zurechtfand. Immer wieder kamen wir zu Weggabelungen, wo sie sich für eine Richtung entscheiden musste. Der Wald war groß genug, um darin

Tage umherirren zu können. Doch Scarlet schien sich gut auszukennen.

Schließlich lichteten sich die Bäume, und wir erreichten über eine Wiese eine Straße. Dort würden wir leicht zu sehen sein, dachte ich. Da kam auch schon ein Auto rasch näher. Grelles Licht erfasste uns. Ich schloss die Augen, um nicht geblendet zu werden. Für den Bruchteil einer Sekunde fürchtete ich, das Fahrzeug würde anhalten. Doch so schnell es aufgetaucht war, verschwand es auch. Scarlet setzte den Weg fort. Sie schien in Gedanken versunken zu sein. Vielleicht dachte sie an Tim und seine Familie.

Unter uns tauchte die Stadt mit ihren vielen Lichtern auf. Es war noch nicht lange her, als ich hier mit Alexandro vorbeigekommen war. Wie mochte es ihm ergangen sein? Lag er bereits in einem warmen, weichen Bettchen und träumte von herrlichen Gerichten?

„Ich werde mir die Haare färben, und du wirst ein graues Fell bekommen", verkündete Scarlet plötzlich. „So wird uns niemand erkennen. Tims Eltern sind sicher ganz lieb und werden uns beschützen", redete Scarlet weiter. Es klang so, als wollte sie sich damit selbst beruhigen. Ich hatte mir Tims Eltern noch nicht so richtig vorgestellt. Wenn ich an Tim dachte, sah ich einen netten Jungen vor mir, der so alt war wie ich.

Wir erreichten die ersten Häuser. Scarlet blieb stehen. Ihre Wangen und ihre Nasenspitze waren von der kalten Luft gerötet. Sie stellte den Koffer ab und nahm das Handy aus der Tasche und wählte Tims Nummer. Wir warteten. „Verdammt!", rief Scarlet. „Warum hebt er nicht ab?"

Vielleicht, weil es mitten in der Nacht war und er schlief?

Scarlet spitzte die Lippen und ließ das Handy in der Hosentasche verschwinden. Sie wollte eben nach dem Koffer greifen, als ein Brummen zu hören war. Hastig holte sie das Handy wieder hervor.

„Hallo Tim, da bist du ja! Wir sind schon in der Stadt. Wie finde ich jetzt euer Haus?" Scarlet kaute vor Aufregung an den Fingernägeln. „Buchholzstraße", wiederholte sie. „Alles klar, bis gleich!" Ein leichtes Lächeln umspielte ihre Lippen. „Robin, wir müssen nur die Straße entlanggehen und am Ende des Parks rechts abbiegen." Sie nahm den Koffer, und wir setzten uns in Bewegung. Scarlets Herz war voller Sehnsucht nach einem neuen Leben, mich plagten jedoch düstere Ahnungen. Ich versuchte mich abzulenken und stellte mir die Menschen in den Häusern vor, wie sie in ihren Betten unter warmen, weichen Decken schliefen, während wir hier draußen vorbeiliefen. Hohe Laternen standen einsam da und beleuchteten die leeren Straßen. Die schlafende Stadt erschien mir schrecklich abweisend.

Tim

Wir gelangten zu dem Park, in dem Scarlet Tims Handy gefunden hatte. „Wir sind gleich da", sagte Scarlet wenig später, als wir in eine Seitenstraße einbogen. Vor uns standen einige Häuser in dunklen, eingezäunten Gärten. An den Eingangstoren hingen Behälter für Zeitungen, in einem der Häuser brannte ein Licht. Scarlet wollte nach dem Handy greifen, als sich quietschend eine Gartentür öffnete und ein pummeliger Junge in einem hellen Trainingsanzug und Turnschuhen erschien: Tim. Ich hatte ihn mir ganz anders vorgestellt. Scarlet blieb stehen. Der Junge kam zögernd näher. Dann hielt auch er an.

„Du hast eine schöne Katze", meinte er und lächelte schüchtern.

Scarlet sah zu mir herab und lächelte ebenso. Der Junge hatte Geschmack. „Robin ist mein allergrößter Liebling", hörte ich Scarlet sagen. Ich dachte ich höre nicht recht.

„Tim?", fragte Scarlet sanft. Der Junge nickte und lächelte, förmlich hielt er ihr die Hand hin. Scarlet ergriff Tims Hand und schüttelte sie kurz.

„Komm, ich zeige dir den Weg", sagte Tim und deutete Scarlet, ihm zu folgen. Er redete mit ihr etwas, das ich nicht verstand. Seine Stimme klang hoch und munter, obwohl es mitten in der Nacht war.

Als Tim das Gartentor öffnete, achtete er darauf, dass ich nicht ausgesperrt wurde. Nett! Scarlet, die vorgegangen war, blieb vor dem Haus stehen und wartete auf ihn.

„Meine Mutter schläft bereits", bemerkte Tim. „Aber ich habe alles vorbereitet. Es ist besser, wenn du heute nicht im Haus übernachtest, sie würde sonst morgen in der Früh einen Riesenschreck bekommen. Ihr könnt in meinem Baumhaus schlafen."

Scarlet sah ihn verwundert an.

„Morgen stelle ich euch dann vor." Tim war zu einem großen Baum gegangen, und wir folgten ihm. „Ich habe einen ganz warmen Schlafsack raufgelegt. Und es gibt jede Menge Proviant." Tim kletterte die Leiter hoch. Dafür, dass er so klein und pummelig war, kletterte er sehr flink. Oben angekommen, nahm er Scarlets Koffer entgegen.

„Ich hoffe, deine Eltern mögen Katzen", sagte sie, als sie mit mir auf der Schulter oben ankam.

Tim schien sie nicht gehört zu haben und fragte: „Hast du Hunger?" Er hielt ihr einen Apfel hin. Scarlet schüttelte den Kopf. Ich spürte, dass sie enttäuscht war. Sie versuchte, es sich nicht anmerken zu lassen.

Das Baumhaus war niedrig, aber groß genug, um darin zu schlafen.

„Du hast gesagt, dass sich deine Eltern auf mich freuen", sagte Scarlet.

„Klar", versicherte Tim. „Möchtest du etwas trinken?" Scarlet schüttelte den Kopf. „Für deine Katze habe ich jetzt nichts, aber morgen werde ich schon etwas Leckeres auftreiben." Danach kratzte er sich verlegen am Kopf und wünschte uns eine gute Nacht.

Wir hörten, wie die Haustür geöffnet und geschlossen wurde. Dann war es still. Tim hatte den Schlafsack bereits ausgebreitet und auch an ein Kissen gedacht. Scarlet zog sich die Schuhe aus und schlüpfte in den Schlafsack. Der Mond leuchtete durch ein winziges Fenster und warf ein helles Viereck auf den Holzboden.

Ich kuschelte mich zu Scarlet, und sie schlang einen

Arm um mich. Ich war mir sicher, dass Scarlet sich ihre erste Nacht bei Tim anders vorgestellt hatte. Aber es hätte alles auch viel schlimmer ausgehen können. Immerhin hatten wir es bis hierher geschafft. Vielleicht würde ja doch noch alles gut werden.

„Gute Nacht, Robin", sagte Scarlet, wie sie es bei Buttermoor auch immer getan hatte.

„Gute Nacht, Scarlet!", konnte ich leider nur denken. Bald darauf wurde ihr Atem ruhig, mit der Wärme kam der Schlaf.

Tims Mutter

Wir wurden von Tims heller Stimme geweckt. Er kam mit einem Tablett voller Köstlichkeiten. Lächelnd überreichte er Scarlet eine Tasse mit heißem Kakao sowie einen Teller, auf dem süßes Gebäck lag. Sogar an mich hatte er gedacht und Wurst in kleine Würfel geschnitten. Er wurde mir immer sympathischer.

„Tim!", hörten wir plötzlich eine Frauenstimme rufen. „Was machst du da oben? Komm bitte sofort herunter, du kommst sonst zu spät in die Schule."

„Ja, Mama!", rief Tim und zog einen Schlüssel mit einem lustigen Anhänger aus der Hosentasche. „Das ist mein Schlüssel. Du kannst damit ins Haus, um dich zu waschen und dir die Zähne zu putzen, falls du das willst. Wenn ich von der Schule zurück bin, werde ich dich meiner Mutter vorstellen, okay?" Danach war er auch schon verschwunden. Ich spürte erst jetzt, wie hungrig ich war, und widmete mich der Wurst. Scarlet trank einen Schluck Kakao und griff nach einem Hörnchen. Der Schlaf hatte uns gut getan.

Die Magier schienen weit weg zu sein, in einer Welt, die uns nichts mehr anging.

Nachdem Scarlet alles verdrückt hatte, kroch sie aus dem Schlafsack und wagte einen Blick aus dem Baumhaus. Über ihrer Lippe hatte sie einen Zuckerbart. Das sah komisch aus.

Der Garten wirkte in der Morgensonne frisch und freundlich. Vögel zwitscherten, und auf dem Gehsteig gingen Menschen vorbei. Die Stadt war erwacht, wie aufregend!

Scarlet kletterte vorsichtig die Leiter hinunter, während ich unten schon längst auf sie wartete. Das Haus, in dem Tim wohnte, gefiel mir. Es war aus Holz und weiß gestrichen. Auf einer Veranda standen viele Blumentöpfe und ein Schaukelstuhl. An der Eingangstür hing ein Kranz getrockneter Blumen. Scarlets Finger zitterten, als sie den Schlüssel ins Schloss steckte. Sie drehte ihn um und öffnete die Tür. Vorsichtig, als würde sie ein Geheimnis erwarten, trat sie ein. Ich folgte ihr.

Ein fremder Geruch kam uns entgegen. Die Garderobe führte in einen großen hellen Wohnraum mit Küche.

Scarlets Augen glänzten, als wäre Weihnachten. Ihre Fingerspitzen strichen über die Möbel, ihr Mund war vor Staunen leicht geöffnet. Auf einem kleinen Tisch in der Küche lagen Zeitschriften. In der Spüle stand das Frühstücksgeschirr.

„Bitte, was machst du hier? Wie kommst du hier herein?", fragte plötzlich jemand. Eine Frau mit strubbeligen, feuchten Haaren und einem Handtuch um die Schultern gelegt kam aus dem Badezimmer neben der Garderobe.

Scarlet drehte sich erschrocken um. „Entschuldigung! Tim hat mir den Schlüssel gegeben und mir gesagt, dass ich hereinkommen darf."

„Das hat Tim gesagt?", fragte die Frau ungläubig. Doch dann hellte sich ihre Miene auf. „Bist du vielleicht Tims Handy-Freundin Scarlet?" Scarlet nickte. „Aha, ich verstehe ... dann lernen wir uns ja endlich kennen. Ich bin Tims Mutter." Sie gab Scarlet lächelnd die Hand und streichelte mich am Kopf. Dann lud sie Scarlet ein, sich mit ihr an den Küchentisch zu setzen.

„Tim hat mir erzählt, dass du dich bei deinem Onkel nicht wohlfühlst", kam sie gleich zur Sache. Die gefällt mir mindestens so gut wie Tim, dachte ich. „Stimmt es, dass du deshalb gerne bei uns wohnen würdest?"

Scarlet nickte. Tims Mutter runzelte die Stirn. Sie zögerte und sah Scarlet freundlich an, bevor sie weiterredete. „Weißt du, das geht nicht so einfach. Wir sehen uns heute zum ersten Mal. Wir müssen uns erst näher kennenlernen und herausfinden, wie und ob wir uns verstehen. Abgesehen davon hat ja wahrscheinlich dein Onkel das Sorgerecht." Oje, das klang gar nicht gut. „Weiß er denn, dass du hier bist?"

Scarlet schüttelte leicht den Kopf.

„Er macht sich sicher Sorgen."

Scarlet schüttelte abermals den Kopf, diesmal energisch.

„Weißt du, Tim geht es auch nicht so gut. Sein Vater ist vor einem Jahr ausgezogen und hat eine neue Familie."

„Das hat er mir gar nicht erzählt", flüsterte Scarlet bedrückt.

„Ja, ich glaube, er kann noch nicht darüber reden. Er ist wegen unserer Trennung sehr traurig und verzweifelt. Aber seit er dich kennt, geht es ihm viel besser. Er freut sich immer sehr über deine Anrufe."

Ich sah Tim plötzlich mit ganz anderen Augen.

Tims Mutter schlug vor, Scarlet das Haus zu zeigen. Danach wollte sie Buttermoor anrufen. Scarlet wurde blass, und ich erschrak, als sie laut „Nein!" rief. Tims Mutter strich ihr übers Haar und versuchte, ihr zu erklären, warum das notwendig war. Sie versprach ihr auch, dass sie Tim jederzeit würde besuchen dürfen.

„Bitte, darf ich bei Ihnen bleiben! Ich mag nicht mehr zurück", flehte Scarlet.

Tims Mutter schüttelte den Kopf. „Nein, das geht wirklich nicht."

Scarlet trottete hinter Tims Mutter her. Ihr Traum war geplatzt. Sie tat mir unendlich leid. Was würde passieren, wenn Buttermoor erfuhr, wo sich Scarlet befand?

Scarlet redete kein einziges Wort mehr. Tims Mutter versuchte, sie aufzuheitern. Sie führte uns in jedes Zimmer und erzählte alles Mögliche. Dass Tim einmal ein Loch im Socken mit Leim zugeklebt hatte und nachts noch mit einem Teddybären schlief. Schließlich fragte sie nach Buttermoors Telefonnummer, doch Scarlet wusste sie nicht. Da erinnerte sich Tims Mutter daran, einmal ein Paket für Scarlet aufgegeben zu haben. Sie kramte in einer Lade und fand ein Notizbuch, in dem Buttermoors Adresse stand. Über die Auskunft erhielt sie dann die Nummer und rief Scarlets Onkel an.

Aus Scarlet war jedes Leben gewichen. Gestern noch war sie so stark und verwegen gewesen, es mit Argus Ash aufzunehmen, und jetzt saß sie da wie ein Häufchen Elend. Sie hatte wohl eingesehen, dass es sinnlos war, noch mehr zu betteln. Gedankenverloren streichelte sie mich. Ich wünschte sehnlichst, ihr helfen zu können.

Es dauerte lange, bis Buttermoors Klapperkiste vorfuhr. Obwohl die Sonne schien und es bereits warm war, trug Buttermoor einen dicken Mantel. Tims Mutter begrüßte ihn freundlich und führte ihn ins Haus. Scarlet starrte zu Boden und hob nicht einmal den Kopf, als Buttermoor vor ihr stand.

„So sind Kinder nun mal", meinte Tims Mutter lächelnd und beteuerte, dass Scarlet jederzeit willkommen war. „Sie hat meinen Sohn wieder zum Lachen gebracht", erzählte sie Buttermoor. „Seine Telefonate mit ihr sind für ihn das Allerwichtigste." Was half das Scarlet?

Tims Mutter war so gesprächig, dass Buttermoor kein

einziges Wort sagen musste. Er nickte nur und lächelte ab und zu. Dann ergriff Buttermoor Scarlet am Arm und zerrte sie hoch. „Wage es nicht, Magie zu gebrauchen!", konnte ich ihn zischen hören.

Tims Mutter reagierte etwas erschrocken, als sie das mitbekam. Buttermoor lächelte sogleich freundlich und bedankte sich bei Tims Mutter. Er führte Scarlet hinaus und verfrachtete uns in den Wagen.

Kaum war Buttermoor eingestiegen, drehte er sich zu uns um und verlangte das Handy. Seine Miene war eisig. Scarlet gehorchte und überreichte ihm ihren wertvollsten Schatz.

Der hohe Rat

Scarlets Anblick zerriss mir das Herz. Ich hätte alles getan, um ihr zu helfen. Doch was hätte ich tun sollen?

„Ich kann dir versichern, mein Kind, dass dein Verhalten Folgen haben wird", blaffte Buttermoor. Der Motor der Schrottkiste heulte auf, und der Wagen setzte sich in Bewegung. Wie betäubt saßen wir beide auf der hinteren Sitzbank. Die Häuser zogen an uns vorbei. Schon bald wurde mir klar, dass wir nicht auf dem Weg zu Buttermoors Haus waren. Wir fuhren ins Zentrum der Stadt. Die Gehsteige waren voller Menschen, die geschäftig dahineilten. An einer großen Kreuzung bogen wir in ein graues, düsteres Viertel ab, in dem hohe, baufällige Häuser jedes Licht aufzusaugen schienen. Schwarze Fenster starrten wie tote Augen auf uns herab. Wind wehte Dosen, Becher und Papierfetzen vor sich her. Müll türmte sich an jeder Ecke. Die Straßen wurden enger und dunkler. Schmutzige Gestalten lehnten an Hausmauern oder kauerten am Boden. Scarlet sah aus dem Fenster, doch sie schien von alledem nichts wahrzunehmen.

Durch ein hohes Tor gelangten wir in einen Innenhof. Mehrere Luxusschlitten waren dort geparkt. Buttermoors Rostkarre passte so gar nicht dazu. Buttermoor stieg aus und öffnete uns die Tür.

„Scarlet, du wirst dich jetzt ordentlich benehmen!", sagte er und drohte mit dem Zeigefinger. „Die Katze bleibt im Auto! Beeil dich, wir sind spät dran!" Dann marschierte er über das Kopfsteinpflaster zu einem Torbogen. Scarlet nahm mich dennoch aus dem Auto und folgte ihm. Durch das Tor kamen wir in ein düsteres, kaltes Stiegenhaus. Der Geruch von feuchter Mauer schlug uns entgegen. Vögel flatterten hoch. „Pass auf den Taubendreck auf!", rief Buttermoor.

Scarlet stieg mit mir auf dem Arm unzählige Steinstufen hoch. Sie war so in Gedanken versunken, dass sie erst im allerletzten Augenblick den riesigen Mann bemerkte, der wie ein Wächter vor einer Tür stand. Er trug einen schwarzen Anzug und nickte, als Scarlet zögernd an ihm vorbei in einen dunklen Vorraum trat. Buttermoor erwartete sie bereits mit saurer Miene. Er öffnete eine mächtige Flügeltür und blickte sich nach Scarlet um. Erst jetzt entdeckte er mich. „Kannst du nicht einmal das tun, was man dir sagt?", schnaubte er. „Hier ist der hohe Rat versammelt, ich möchte, dass du alle Fragen, die dir gestellt werden, beantwortest. Und bitte: keine Tricks!" Buttermoor sah sie an, und in seinem Blick lag ein ehrliches Flehen.

An einer langen Tafel saßen lauter Männer. Sie wirkten auf mich wie Geier, die sich auf einem Ast versammelt hatten und auf Beute warteten. Die meisten von ihnen trugen dunkle Anzüge, manche Roben. Der Raum war ungemütlich kalt und düster. Obwohl draußen heller Tag war, wurde er durch einige Kerzen beleuchtet. Ich spürte Magie, die den Raum knisternd erfüllte.

Ein riesiger Fleischberg, dessen Doppelkinn weit über den Hemdkragen reichte, erhob sich vom Kopf der Tafel und kam Buttermoor entgegen. Lächelnd schüttelte er ihm die Hand und wies uns einen Platz zu. „Lord Magnus", begrüßte Buttermoor ihn und machte einen Diener. Dann drehte er sich zu Scarlet um und stellte sie Lord Magnus vor.

Scarlet presste mich fest an sich. Ich spürte, wie ihr Herz schneller klopfte. Buttermoor setzte sich auf einen der Stühle, die neben Lord Magnus frei geblieben waren.

Scarlet nahm daneben Platz. Ich saß auf ihrem Schoß.

Die Magier starrten sie an, als hätten sie noch nie ein Kind gesehen. Unter den Männern entdeckte ich Argus Ash. Er sah bleich aus und wirkte etwas mitgenommen. Das hinderte ihn jedoch nicht, das Kinn hochzuhalten und Scarlet abschätzig anzuglotzen.

„Meine Herren", begann Magnus mit tiefer Stimme und ließ sich auf seinen Stuhl sinken. „Lord Buttermoor brauche ich euch ja nicht vorzustellen. Danke, Alfred, dass du so schnell gekommen bist und das Mädchen gleich mitgebracht hast! Die Sache, die wir zu bereden haben, ist schwer wiegend und äußerst dringend."

„Ich möchte, wenn es erlaubt ist, dazu etwas sagen", unterbrach ihn Buttermoor und erhob sich. Verlegen zupfte er an seiner Hose. „Was immer Sie gehört haben, ich kann versichern, dass meine Schülerin nichts Böses im Sinn hatte. Sie wird sich bei Lord Argus Ash entschuldigen. Ihre magischen Fähigkeiten liegen weit unter dem Durchschnitt. Aber das Mädchen ist fleißig und wirklich bemüht. Ich weiß wirklich nicht, wie das passieren konnte, ich ..."

„Danke, Alfred!", schnitt ihm Magnus das Wort ab

und bedachte ihn mit einem wohlwollenden Lächeln. „Ich habe diese geheime Sitzung einberufen, weil sich Dinge ereignet haben, die keinen Aufschub zulassen. Wir müssen so rasch wie möglich handeln und die weitere Vorgangsweise festlegen." Sein Blick glitt von einem Magier zum anderen. „Seit Langem schon gibt es Gerüchte, die sich jetzt bewahrheitet haben. Meine Herren, unsere schlimmsten Befürchtungen sind eingetreten." Er hielt inne. Die Spannung war kaum auszuhalten.

Marie

„Wir haben ein Mädchen aufgegriffen, das wir längst für tot hielten." Magnus schob das Kinn nach vor und zog an seiner Krawatte. „Roger!", rief er, und der Riese im Anzug erschien. „Bitte bringen Sie Marie herein!" Der Riese nickte und zog den Kopf ein, als er durch eine niedrige Holztür verschwand.

Als die Tür sich wieder öffnete, betrat eine schmächtige Gestalt den Raum. Es war ein Mädchen, nicht viel älter als Scarlet, mit so blasser Haut, dass sie beinahe durchsichtig erschien. Dichtes, strähniges Haar fiel ihr ins Gesicht. Am meisten berührten mich ihre Augen, die ins Leere starrten. Scarlet drückte mich noch fester an sich.

„Wie ihr euch sicher erinnern könnt", durchbrach Magnus die Stille, „war Marie eine unserer hoffnungsvollsten Schülerinnen, fröhlich, ausgelassen und so begabt, dass wir sie nach Skorpiohof schickten, in jene Ausbildungsstätte, die nur Kindern vorbehalten ist, deren Fähigkeiten die unseren bei Weitem übertreffen." Ich hatte noch nie davon gehört.

Der Vorsitzende senkte die Stimme. „Marie war auf etwas gestoßen, das sie niemandem zu erzählen wagte. Nur ihrer Mutter hatte sie sich anvertraut. Diese wandte sich auch gleich an mich, in der Hoffnung, ich würde ihr helfen. Doch ich war viel zu beschäftigt, um ihr richtig zuzuhören. Das war ein schlimmer Fehler!" Lord Magnus presste die Lippen aufeinander.

„Zudem klang mir das, wovon sie erzählte, unglaubwürdig," fuhr er fort. „Der Fantasie eines Kindes entsprungen, dachte ich. Und das war ein noch größerer Fehler!" Lord Magnus räusperte sich und fuhr fort: „Wir wissen über Freiheiten, die Schüler in Skorpiohof genießen, Bescheid. Die Schüler lernen, nicht nur ihre Fähigkeiten zu entfalten, sondern sie suchen auch nach neuen Wegen. Sie sind in der Lage, Magie in Wörter zu bannen und schreiben die Bücher, aus denen wir unser Wissen und magisches Können beziehen. Schon immer wurden in dieser Schule Grenzen überschritten. Doch Marie hat etwas entdeckt, was für uns alle das Ende bedeuten könnte. Sie hat herausgefunden, dass jemand nach einer Reihe von Versuchen in der Lage ist, uns unsere magischen Fähigkeiten zu nehmen, und das auch tun will." Ein Raunen erfüllte den Raum. „Wir wissen allerdings nicht, wie viele Personen an diesem Komplott beteiligt sind. Fest steht nur, dass sie aus Magiern gewöhnliche Menschen machen wollen. Und nicht nur das! Sie möchten auch bestimmen, wer in Zukunft über außergewöhnliche Fähigkeiten verfügen darf und wer nicht. Der Anführer der Verschwörung sieht unsere Fähigkeiten angeblich als eine Art Krankheit, die Verderben bringt und von der wir geheilt werden müssen."

Schrecken breitete sich auf den Gesichtern der Anwesenden aus. „Scorpiohof muss augenblicklich geschlossen werden, diese Schlangengrube gehört ausgehoben!", forderten einige Magier.

„Ruhe!", bat Lord Magnus und hob die Hände. „Die Schule zu schließen würde nichts bringen. Ganz im Gegenteil: Die Verschwörer würden ihr Werk woanders fortsetzen. An diesem Mädchen sehen wir, wozu sie schon fähig sind." Es wurde still, und alle Augen richteten sich auf Marie, die ganz verloren dastand. „Marie wurde bereits ihrer magischen Fähigkeiten beraubt", sagte Lord Magnus mit bebender Stimme. Die Worte wurden mit Entsetzen aufgenommen. „Doch dem nicht genug! Ihr wurden auch alle Erinnerungen genommen. Nur durch einen Zufall wurde sie von uns entdeckt." Empörte Rufe wurden laut. „Ich bitte um Ruhe!", rief der Vorsitzende und verabschiedete sich von Marie. „Marie, ich danke dir für dein Kommen! Du darfst dich jetzt zurückziehen."

Nachdem das Mädchen mit Roger den Raum verlassen hatte, fuhr Magnus fort: „Wir müssen klug vorgehen und dürfen nichts überstürzen! Ich habe heute eine junge Magierin hergebeten, die uns vielleicht helfen kann", sagte er und lächelte Scarlet an. „Soweit ich informiert bin", fuhr Lord Magnus fort und sah Ash an, „hat Scarlet genügend Fähigkeiten, um die Aufnahmeprüfung für Skorpiohof zu bestehen. Lord Argus Ash hat uns ursprünglich ein anderes besonders begabtes Mädchen vorgeschlagen, und zwar seine Schülerin Bella. Doch dann hat Scarlet auf sich aufmerksam gemacht, und wir vermuten, dass sie über weit größere Fähigkeiten als Bella verfügt. Lord Ash?"

„So ist es", bestätigte Ash.

„Wenn es Scarlet gelingt herauszufinden, wer hinter diesen Machenschaften steckt, werden wir zuschlagen", erklärte der Vorsitzende.

„Was aber ist, wenn es ihr wie dem anderen Mädchen ergeht?", fragte einer der Magier.

„Sie wird auf der Hut sein, denn sie weiß, was Marie passiert ist", beteuerte Lord Magnus und richtete seinen Blick auf Scarlet, die ihn erschrocken ansah.

„Und wenn sie bereits bei der Aufnahmeprüfung versagt?", rief ein anderer. „Dann sind all unsere Chancen vertan, diese Verbrecher jemals zu kriegen."

„Wir werden Scarlet natürlich auf jede erdenkliche Situation vorbereiten und sie zuvor einer Reihe von Tests unterziehen, sofern sie sich überhaupt dazu bereit erklärt, uns zu helfen", versicherte der Vorsitzende und lächelte Scarlet zu. „Wir werden dir einen Berater zur Seite stellen, der dich auf alles vorbereitet und dich unterstützt", sprach er sie direkt an. Hoffentlich dachte er nicht an Argus Ash. „Lord Abraham möchte gerne diese Aufgabe übernehmen." Ein dunkelhäutiger, groß gewachsener Magier erhob sich und nickte Scarlet freundlich zu. „Wenn es dir und Lord Buttermoor recht ist, wird er sich ab jetzt um dich kümmern."

Scarlet nickte. Hatte sie sich etwa schon für diesen gefährlichen Auftrag entschieden? Was würde dann aus mir werden? Würde sie mich nach Scorpiohof mitnehmen können? Oder würde ich mich Alexandro anschließen müssen? Ein furchtbarer Gedanke!

„Hat jemand einen besseren Plan?", fragte Lord Magnus. Das allgemeine Getuschel verstummte. „Wenn nicht, möchte ich nun Scarlet um ihr Einverständnis bitten." Er richtete sich an Scarlet und fragte: „Kannst du dir vorstellen, dich denselben Gefahren auszusetzen, denen auch Marie ausgesetzt war? Willst du für uns herausfinden, wer ihr das angetan hat und wer dahintersteckt?"

Scarlet hob die Schultern. „Ich weiß nicht ... Wenn ich es aber tue und etwas herausfinde, darf ich dann mit nichtmagischen Menschen zusammen sein und ein nichtmagisches Leben führen?"

Der Vorsitzende starrte sie an und meinte: „Das kann ich dir nicht versprechen. Wer Scorpiohof besucht, ist von vielen Regeln ausgenommen. Du wirst uns bald überlegen sein und das, was du tust, selbst verantworten."

Lord Magnus erhob sich. Mit ernster Miene sah er Scarlet an, die seinen Blick erwiderte. „Ich schlage vor, wir geben Scarlet eine Woche Bedenkzeit. Unser Treffen ist hiermit beendet. Alles, was heute besprochen wurde, obliegt natürlich absoluter Verschwiegenheit."

Die Magier standen auf und verabschiedeten sich voneinander.

Buttermoor sah Scarlet verlegen an, als Abraham auf die beiden zukam. „Auf mich scheint ja niemand zu hören", brummte er. „Aber ich sehe dich ins Verderben laufen. Es macht mir nichts aus, wenn du … äh … Lord Abraham als neuen Lehrer bekommst, auch wenn ich mich schon sehr … na ja, ein bisschen an dich gewöhnt habe."

Abraham schüttelte Buttermoor die Hand, der neben dem großen, dunkelhäutigen Mann wie ein kleiner Junge aussah. „Ich hoffe, der Abschied fällt nicht allzu schwer", lachte Abraham und zwinkerte Scarlet zu.

„Nein, nein", meinte Buttermoor.

„Es muss ja auch nicht gleich heute sein", sagte Abraham.

„Das ist kein Problem, sie hat ihr Gepäck bereits mit", versicherte Buttermoor. Scarlet nickte zur Bestätigung. Ihr schien Lord Abraham zu gefallen.

„Und das ist deine Katze?", erkundigte sich Abraham.

„Ja! Und sie muss mit", erklärte Scarlet bestimmt und hielt mich ihrem neuen Lehrer hin, damit er mich besser streicheln konnte. Seine dunkelbraunen schönen Augen glitzerten. Er kraulte mich hinter dem Ohr. Dass so riesige Finger so zart sein konnten, war erstaunlich.

„Na dann", sagte Abraham. „Gehen wir!"

Wir wollten gerade den Raum verlassen, als jemand Scarlet rief. Scarlet drehte sich um, und da stand Marie neben Roger. Sie kam langsam auf Scarlet zu. Scarlet wollte ihr die Hand geben und sich von ihr verabschieden. Doch Marie sagte: „Ich kann mich zwar an nichts mehr erinnern, aber ich habe etwas, was bei mir gefunden wurde und ich dir geben möchte." Marie überreichte Scarlet einen kleinen Schlüssel. „Vielleicht kann er dir nützlich sein."

In diesem Augenblick war für mich klar, dass Scarlet den Auftrag übernehmen würde. Und ich spürte in mir die Gewissheit, sie würde es nicht ohne mich tun – oder war das nur eine Hoffnung?

Spannung mit der Reihe KRIMItime

Das Haus der alleinstehenden Frau Werth geht in Flammen auf. Die zwölfjährige Nikki, die sich ihr Taschengeld als Hundesitterin verdient, lernt auf ihren Streifzügen einen Typen kennen, der sich als Neffe von Frau Werth ausgibt und dem sie helfen soll, einen Schatz zu finden. Nikki macht mit und findet sich plötzlich in einem Netz aus Lügen, Bedrohung und Erpressung wieder ...
Ein Krimi mit Krallen!

Monika Pelz / Nur die Katze war Zeuge
ISBN 978-3-7074-0385-5

Dido ist mutig, schlau, hat das Herz auf dem rechten Fleck und scheint Kriminalfälle magisch anzuziehen -- sie ist immer dann zur Stelle, wenn jemand Hilfe braucht ... Ihr zur Seite stehen Bruno und sein Dackel Leopold sowie Elvis, ihr Kater.
Vier spannende Krimifälle mit der scharfsinnigen Dido!

Edith Schreiber-Wicke / Dido greift ein
ISBN 978-3-7074-0314-5

Wolfi ist Drummer der Rockgruppe W.A.M.ROCKS. Kurz vor dem ersten Auftritt der Gruppe werden ihre Plakate mit roter Farbe übersprüht. Wer hat Interesse daran, dass das Rockkonzert ohne Publikum stattfindet? Wer oder was steckt dahinter?
Wolfi begibt sich auf die Suche nach den Übeltätern und wird dabei von seinen findigen Schwestern tatkräftig unterstützt. Die Zukunft der Band steht auf dem Spiel.
Ein schlagkräftiger Krimi aus der Musikszene!

Maria Linschinger / Rache ist rot
ISBN 978-3-7074-0332-9

David starrte wie elektrisiert auf das Foto, auf die leicht geöffneten Lippen des Mädchens. Wie friedlich diese Tote auf der Bahre lag. Der Zauber hatte Gewalt von ihm ergriffen. Ihm war, als würde über die roten Lippen ein Flüstern zu ihm dringen: „Ich erwarte dich bei der Ruine. Komm um Mitternacht zu mir. Ich werde auf dich warten ..."
Ein mystischer Irland-Krimi!

Robert Klement / Die Ruine des Schreckens
ISBN 978-3-7074-1104-1

Simon will einmal Kriminalkommissar werden. Da trifft es sich gut, dass er Nina, seine Kusine, im „Dschungel der Großstadt" besucht. Außerdem sieht er da auch Rocco wieder, Ninas Hund -- seinen Traumpartner mit der kalten Schnauze. Auf der Fahrt zu ihren Großeltern nehmen sie Rocco, Ninas Meerschweinchen, in einem Schuhkarton mit. Simons erster Fall beginnt, als dieser Schuhkarton vertauscht wird.
Ein atemloser Ermittlerkrimi!

Gerda Anger-Schmidt, Martin Anger
Der Fälscherbande auf der Spur
ISBN 978-3-7074-0359-6

Paula, Nele und Amelie haben die Nase gestrichen voll -- voll von den Jungs in der Computer-AG, die glauben, dass Mädchen Computermäuse für Nagetiere und PC-Laufwerke für Sportgeräte halten. Genervt beschließen die drei, eine Mädchen-Computerprofi-Gruppe zu bilden. Sie nennen sich -- die Byte-Girls. Gemeinsam machen sie sich auf den Weg, um hinter das Geheimnis des „vierhändigen Wesens" zu kommen ...
Ein überraschender Computerkrimi!

Frank Stieper / Die Byte-Girls – Das vierhändige Wesen
ISBN 978-3-7074-0312-1

Die Geschwister Elsi und Rudi halten sich in ihrer Freizeit meist auf dem Zoogelände auf und helfen ihrer Mutter, die dort Tierpflegerin ist. Ihr besonderer Liebling ist Affi, der kleine Schimpanse.
Doch da gibt es auch David, den einsamen Jungen, dessen Vater ihm jeden Wunsch erfüllt, aber der keine Zeit für ihn hat. Und David hat einen besonderen Wunsch -- er wünscht sich zum Geburtstag einen Schimpansen ...
Ein kniffliger Krimi rund um den Zoo und seine Bewohner!

Andrea Jähnel / Schimpansen-Raub
ISBN 978-3-7074-0311-4

Bevor die jungen Leute der Mammutjäger nach elf Sommern ihres Lebens ihren Jugendnamen bekommen, z. B. „Mooti Spürfuchs" oder „Beeti Schönhaar Eulenohr", müssen sie eine Jagdprobe ablegen. Doch Mootis Probe geht beinahe tödlich aus. Seltsame Dinge geschehen plötzlich unter den Jägern am Fluss. Wem nützt es, dass Mooti die Probe wiederholen muss, und was hat er bei seiner Probejagd gesehen, gerochen, gehört und gespürt?
Ein spannender Krimi aus der Steinzeit!

Lene Mayer-Skumanz / Mooti und der Mammutzauber
ISBN 978-3-7074-0313-8